KB212454

자스민, 어디로 가니?

자스민,
어디로 가니?

작은 강아지 한 마리가 가르쳐준 삶의 진실

글·그림 김병종

열림원

너는 왜 강아지로 태어나고
나는 왜 사람으로 태어났을까 …

차례

강아지와 함께한 16년

평일 아침 7시 30분이었다. 출근을 위해 옷을 차려입은 듯 보이는 한 맹인 부인이 자신의 안내견과 함께 필라델피아 중심가를 걸어가고 있었다. 길을 건너 그녀 쪽으로 걷고 있을 때, 나는 그 안내견이 갑자기 월넛가Walnut street의 인도에 멈춰 서서 길잡이 역할을 거부하고 있는 것을 목격했다. 곤란해하는 표정이 역력한 부인이 허공을 향해 소리쳤다.

"제 앞에 뭐가 있나요?"

그즈음 그녀가 내 대답을 들을 수 있을 정도로 나는 그녀와 아주 가까운 곳에 가 있었다.

"아니요, 부인. 당신 앞은 아무것도 없는 인도예요."

순간 그녀는 당혹스러워하며 말했다.

"제 애완견이 더 이상 걸으려 하지 않아요. 마치 앞에 무언가가 가로막고 있는 것처럼 꼼짝달싹하지 않는군요."

내가 내려다보자 안내견은 마치 명령이라도 받은 듯 입에서 뭔가를 떨어뜨렸다. 나는 몸을 굽혀 그것을 집어 들었고, 이내 그것이 부인의 귀걸이라는 것을 알 수 있었다. 분명 귀걸이를 여기에 떨어뜨렸으리라. 그녀의 한쪽 귀에는 똑같은 귀걸이가 걸려 있었다.

"이 개가 부인의 귀걸이를 입에 물고 있었답니다. 방금 저를 보고 제 앞에다 귀걸이를 떨어뜨렸거든요. 부인은 귀걸이를 한쪽에만 하고 계시고요. 개가 부인께 이 귀걸이를 돌려줄 사람을 기다리고 있었던 게 아닐까요?"

그녀는 그제야 안도의 숨을 내쉬고 입가에 미소를 띠며 말했다.

"그랬나 보네요."

그러고는 자신이 맞는 방향으로 가고 있는지를 물어본 뒤, 안내견과 함께 가던 길을 재촉했다.

나도 내 갈 길을 갔다. 그때 갑자기 두 눈에 눈물이 고여 앞이 흐려졌다.

미국의 정신과 의사인 우드Eve A. Wood 여사가 쓴 『희망』이라는 책에 나오는 한 맹인견의 이야기다. 이 글을 읽다가 문득, 16년을 함께 살다 얼마 전 우리 곁을 떠난 우리 집 애완견 자스민에 대해 적고 싶은 생각이 들었다. 내가 그 오랜 세월 동안 우리와 함께 살다 간 그 영국산 황갈색 포메라니안 강아지에 대해 글을 쓴다면 그것이 에세이가 될지 동화가 될지, 형식 같은 것은 생각해보지도 않은 채 그렇게 불현듯이 글을 쓰고 싶어졌던 것이다. 우리 집 강아지에 대해 우드 여사처럼 누군가에게 이야기로 들려주듯 글을 써서 나누고 싶은 충동이 일었던 것이다. 전혀 예기치 못한 일이었다.

그러고 보면 나는 대체로 불쑥 올라오는 이 느낌에 사로잡혀 살아왔던 것 같다. 내 그림 〈바보 예수〉도 〈생명의 노래〉도 어느 날 불현듯이 혹은 불쑥 솟아올랐고, 그 점에 있어서는 꽤 많은 이들이 읽고 본 『화첩기행』 같은 책도 마찬가지였다. 아주 짧은 순간 예기치 않게 불쑥 솟아오른 이 느낌을 그래서 나는 차마 무시하지 못하곤 한다.

우리 집 강아지 자스민은 그러나 우드 여사가 본 맹인견처럼 그렇게 잘 훈련되었거나 덩치 큰 씩씩한 강아지는 아니었다. 《세상에 이런 일이》에 나올 법하게 기발하거나 기이한 강아지도 아니었다. 그저 몸집 작은 평범한 암컷 애완견 포메라니안일 뿐이었다. 그럼에도 불구하고 16년 세월을 우리와 함께 보내면서 강아지 자스민과 우리 가족, 특히 자스민과 아이들 간에는 사람과 동물의 경계가 흐려져버렸을 만큼 깊은 유대가 이루어졌고, 자스민이 우리 곁을 떠나고 난 뒤에도 그 유대의 강은 도도히 흐르고 있다.

물론 이 정도 경험은 애완견을 오래 키우다 떠나보낸 사람들에겐 누구나 있는 일일 것이다. 그러나 내가 이 강아지에 대해 기록해야겠다고 생각한 것은 강아지 자스민에 관한 것뿐 아니라 그 작은 생명체가 남기고 간 그 견고한 유대감의 정체(그것이 사랑의 모습이었다가 상실의 흔적으로 남았다 하더라도)에 대한 경이로움 때문이었다. 그리고 그 강아지와 공유했던 시간과 인연의 앙금을 되짚어보고 싶다는 생각 때문이었다.

생명이 흐드러지게 만발할 때 우리는 그 소중함을 모른다. 오히려 뙤약볕의 사막에 있을 때 시원한 그늘을 만들어주는 나무와 그 밑을 맑게 흐르는 물길에 감격한다. 인연이 풍성하고 힘이 넘칠 때 우리는 너나없이 생명과 사랑의 가치를 간과한다. 그것이 사라지고 소멸한 다음에라야 못내 아쉬워하고 그리워하는 것이다. 우리 집 강아지 자스민도 마찬가지여서 20년 가까운 세월 동안 왕왕 짖어대며 나의 발치에서, 서재에서, 그리고 산길에서 내 곁에 머물 때 나는 그 생명의 가치에 대해 잘 몰랐다. 강아지가 어느 날 사라져버리고 났을 때에야 비로소 그 존재감이 새롭게 다가왔다. 강아지 자스민을 추억하는 일은 생명과 사랑과 죽음, 그리고 그 죽음 너머에까지 이어지는 상념을 되새기는 일이기도 했다. 자스민 이야기는 바로 우리 곁으로 스치듯 지나가는 삶과 죽음, 그리고 사랑과 상실의 수상록이기도 한 것이다.

언제가 저명한 정신과 의사에게서, 대체로 죽음에 의한 이별의 애도 기간은 6개월을 넘지 않고 길어도 열 달이라는 말을 들은 적이 있다. 설마 했지만 그것이 사실이라는 것이다. 하물며 짐승과 사람 사이는 더 말할 것이 없을 것이다. 과연 사람과 동물 사이에는 얼마만큼의 유대가 있고 애도가 있는 것이며, 그것은 사람과 사람 사이의 감정과는 또 어떻게 다른지 들여다보고 싶기도 했다. 그럼에도 불구하고 자스민에 대한 글을 쓰고 싶은 짧은 충동 뒤에는 긴 망설임이 뒤따랐다.

몇 가지 이유가 있었다. 무엇보다 평소 애완견류에 대해 호들갑을 떠는 글이나 영상물에 대해 그다지 호감을 느끼지 않고 있었다. 사실 호감이 아니라 혐오를 느낄 때가 더 많았던 것 같다. 특히 타인을 향해서는 눈곱만큼의 정을 나누기에도 인색해 보이는 인물이 애완견을 두 겹 세 겹 싸서 안고 다니며 호들갑을 떠는 모습을 볼 때는 더더욱 그러했다. 그런 모습은 오히려 세상과 사람에 대해서는 감정의 문을 닫아버리고 만만한 짐승에게만 일방통행식의 사랑과 정을 주겠다는 편협한 풍경으로 비쳤던 것이다. 물론 그런 내 선입견이 지나치게 뒤틀린 것일 수도 있다. 오히려 상처받고 외로운 영혼이기에 애완견하고나마 정을 주고받고 싶은 연약함과 쓸쓸함이 그 내면에 자리하고 있을 수도 있다. 더욱 좋게 본다면 동물까지도 구별 없이 끌어안고 아끼며 소중히 여기는 넉넉한 생명 사랑의 소유자일 수도 있을 것이다. 어쨌든 난 어느 경우라 할지라도 애완견에 대한 지나친 호들갑은 취미에 맞지 않는 사람이었다. 용산 참사로 불길이 치솟고 물대포 속에 사람이 낙엽처럼 떨어진 지 얼마 안 되어 우연히 TV를 보던 날도 그랬다. 채널을 돌리니 여러 마리의 애완견을 기르며 리본을 달아주고 옷을 입혀주고 며칠째 밥을 안 먹는 강아지를 위해 간식을 만들어주는 여자가 나오고 있었다. 아픈 강아지를 안고 여자는 말끝마다 "우리 애기가요……" 하고 말하는 것이었다. 괜히 심사가 틀어져, 사람이 속절없이 죽어가는 판에 웬 남우세스러운 짓이람, 하는 생각에 팩하니 TV를 꺼버렸다. 그러다 문득 저 관계는 무엇일까 하는 생각이 들었다. 사랑일까? 애착일까? 만약에 그것이 사랑이라면 그것이 아무리 작고 하찮아 보이는 것일지라도, 심지어 우스꽝스럽고 기괴해 보이는 것일지라도 섣불리 그 농도와 높낮이를 재단할 일이 아니라는 생각이 스쳐 지나갔다. 우리 집 애완견 자스민의 경우도 마찬가지였다. 자스민이 떠나고 어른아이인 큰아이가 며칠씩이나 슬퍼하는 모습을 보면서 아내는 "멀리 있는 외할머니가 돌아가셨대도 저러지는 않을 것"이라고 했는데 거기에는 전혀 비난의 빛 같은 것은 없었다.

애완견에 대한 이런 복잡한 감정 외에 글쓰기를 주저한 것은 글쓰기가 공허와 쓸쓸함을 메꾸는 데 결코 도움을 주지 못한다는 생각 때문이었다. 그것은 오히려 상실과 상처를 건드릴 뿐이라고 생각했고, 웬만해선 내 분야 밖의 글을 길게 쓰지 않겠다고 내심 각오도 하고 있던 터였다. 나이도 있고, 환쟁이 형편에 그간 지나치게 잡문을 써대었다는 후회 비슷한 느낌도 있었다. 감정을 너무 헤프게 글로 퍼 날라서 나중엔 속수무책 주워 담을 수도 없던 난감한 경험들이 있었던 것이다. 글이란 것이 바위에 새겨진 암각화처럼 세월이 가도 지워지지 않는다는 것은 그런 면에서 새삼 끔찍한 일이다.

어쨌거나 이제 강아지가 떠나간 지 석 달이 넘어서고 있다.

석 달이면 웬만한 슬픔이나 상실쯤은 메워지고도 남는 시간이다. 충분히 오래 산 애완견의 죽음 따위를 가지고 아직도 쩔쩔매고 있다니, 누가 봐도 주책이라 할 만한 일이다. 생때같은 목숨들이 죽어가는 판에 어른이 키우던 강아지 한 마리 죽은 것을 가지고 슬픔 어쩌고 하는 것도 사실 꼴불견일 노릇이다. 안다. 알고말고다. 아픈 강아지를 품에 안고 "우리 애기"라고 했던 여자(속으로 저 여편네! 했다)를 비난하던 내가 아니었던가. 글을 쓰려고 드니 그 여자가 자꾸 내 모습에 겹쳐져 어른거렸다.

이쯤에서 모든 종류의 주관적 사랑은 객관적 눈높이로 가늠되지 않는 것임을 인정해야 하겠다. 심지어 예술가들에 있어 불륜이 분명하건대 그런 불꽃의 사랑이 없었던들 태어나지 못했을 예술 작품들은 또 얼마나 많았던가. 사랑을 매개로 한 그 모든 주관의 관계는 그래서 참으로 복잡 미묘한 것이다. 다시 말하거니와 사람과 짐승의 관계에 있어서까지도 말이다. 석 달이 지났는데도, 아침 식탁에 둘러앉으면 아내와 두 아들은 슬슬 내 눈치를 보다가 어제 자스민의 꿈을 꾸었다는 둥 봇물처럼 이야기를 쏟아내고야 마는 것인데, 나는 묵묵히 밥을 먹다가 슬며시 자리를 뜨곤 한다. 대화를 듣기가 여간 곤혹스럽지 않은 까닭이다. 새삼 16년이라는 세월의 두께가 간단하지 않음을 느끼게 된다. 도대체 미물 같은 강아지 한 마리와의 이별도 이리 말끔히 처리하지 못하는 사람들이 이 험한 세상을 어찌 헤쳐나간다는 말인가. 짜증이 나는 것도 사실이다.

이래저래 감정 정리가 제대로 안 되었는데 시간만 흘러갔다. 그런데 사실을 말하자면 나야말로 아직 자스민에 대한 기억 속을 헤맬 때가 많다. 야심한 밤에 혼자 서재에 있을 때 무심코 의자 아래를 보는 경우가 있다. 거기 늘 앉아 있던 녀석이 없다는 것을 확인할 때면 한 줄기 엷은 바람 같은 것이 가슴으로 지나가는 것을 느낀다. 맹세코 상큼한 바람은 아니다. 역시 늦은 밤 거실 탁자에 혼자 나와 앉아 와인을 조금 마실 때 치즈 한 조각을 집어 입에 넣다가 탁자 아래 발치 쪽을 무심코 보는 때도 있다. ……없구나, 하고 확인할 때면 역시 가볍긴 해도 바람 한 줄기가 탁자에서 가슴으로 휘익 불어온다. 한 생명의 부재가 가져온 공허의 바람. 이 가벼운 바람이 우우 하는 회오리가 되어 온 집을 사납게 핥는 것을 느낄 때도 있다. 가족들이 모두 외출하고 불 꺼진 텅 빈 집에 스위치를 올리며 들어올 때, 의당 현관에 서서 왕왕 짖어대며 나를 반겨주어야 할 녀석이 보이지 않을 때다. 꼬릴 치며 숫제 걸음을 못 떼게 발치에 엉기던 녀석이 없는 것이다. 그 감촉이며 생명의 가운이 사라져버린 것이다. 이런저런 사연들로 인해 나홀로 씩씩하게 잘 살던 이들이 제각각 집에 돌아와 불 꺼진 시커먼 방의 스위치를 올릴 때만은 설움을 느낀다는 이야기를 비로소 이해할 수 있게 된 것이다.

저마다의 일로 저녁 시간에 아내와 자식들을 한자리에서 만나기가 하늘의 별 따기만큼이나 어려운 우리 집에서 생명의 온기로 집이라는 공간을 20년 가까이나 떠나지 않고 지켜온 것이 작은 강아지 한 마리여서 더 그럴 것이다. 빈집에 혼자 있다가 내가 들어오면 왜 이리 늦었느냐고, 안방으로 서재로 부엌으로 따라다니며 계속 앙칼지게 짖어대던 녀석의 부재를 느낄 때에는 가는 곳마다 허허로운 바람에 이리저리 떠밀려 다니는 느낌이 드는 것이다. 이럴 때 나는 혼자서 실소한다. 그러고 보면 우리 집에서 감정이 가장 허약한 것은 명색이 가장인 나인 셈이다.

우드 여사의 맹인견 얘기를 읽은 지 얼마 되지 않은 어느 날 아침, 나는 지나가는 말투로 아내에게 말했다.

"아무래도 자스민 얘기를 하나 써야 할까 봐."

그런데 식탁을 훔치던 아내가 "흐흐……" 하고 묘한 웃음을 웃었다. 그 웃음은 단순히 '당신도 별수 없군요.' 하는 뜻 이상을 담고 있었다. '가장이라고 의연한 체하지만 당신도 별수 없어. 조금은 자스민 생각에 시달리고 있는 것이 분명해.' 하는 의미를 담고 있으면서 다른 한편으로는 '안 쓰겠다던 글을 쓰겠다고?' 하는 비아냥 같은 것도 섞여 있었다.

그 얼마 전에 나는 그녀에게 다시는 글을 쓰지 않겠다고 선언했던 것이다. 한 번만도 아니었다. 두 번 세 번 그렇게 다짐했다. 앞서 말했지만 어느 순간 감정을 퍼내는 글쓰기가 나를 마냥 무르게 할 뿐이라는 생각이 들었던 것이다. 실컷 잡담을 한 뒤에 공허해지듯, 글을 쓰고 나면 뒤끝이 개운하지 않았던 것이다. 물론 가슴의 멍울과 우울감을 풀어헤치기에는 글쓰기만 한 것이 없다는 생각을 오랫동안 하고 있었던 것도 사실이다. 어렸을 적 이후 내게 그림은 밥이요, 글은 반찬 같은 그 무엇이었다. 외로움으로부터의 유일한 출구였다. 조금 미화하자면 어둠의 방으로부터 빠져나오게 하는 희미한 빛 같은 것이었다. 그래서 나는 닥치는 대로 그렸고, 정처 없이 긁어댔다.

"썼다"라는 표현보다는 "긁어댔다"라는 표현이 나을 것이다. 부치지도 못한 편지처럼 그렇게 장르도 애매한 글을 써둔 것이 몇 박스는 되었을 것이다. 박스가 모이면 묘한 마조히즘 같은 감정으로 어느 날 내다버리곤 했다. 위대한 청춘을 그런 식의 글쓰기로 버려냈는데 언제부터인가 글쓰기의 정열이 사그라지면서 그 사그라진 불씨 위로 달콤 쌉싸래한 환멸의 재가 남았던 것이다. 내 결심을 굳이 입 밖으로 낸 것은 그녀가 글을 쓰는 일을 업으로 하는 쪽이기 때문일 것이다. 다시는 글을 쓰지 않겠다고 하는 내 말을 그녀의 반응을 통해 확증하려는 심사였던 것이다. 일종의 동조 내지는 위로를 받고 싶은 심정도 섞여 있었는데, 정작 그녀의 반응은 시큰둥이었다. 시큰둥도 지나치게 시큰둥이었다. 지키지도 못할 일을 뭘 그리 쾅쾅 선언하단 말인가, 글이란 것은 그렇게 쓰겠다, 안 쓰겠다 결심한 대로 되는 것이 아닌데, 하고 생각하는 것이 분명했다. 글이란 그냥 어쩔 수 없이 터져 나오는 정신의 분비물 같은 것이야, 그러니 쓰겠다 말겠다 선언하는 것 자체가 미성숙이야. 문장 세계가 뭔지도 모르는 처사라고, 하는 듯한 시큰둥함이었던 것이다.

그런데 내가 다시는 잡문을 쓰지 않겠다고 선언했던 것에는 물론 다른 사연이 없지 않았다. 그 얼마 전에 책을 한 권 냈다. 남미를 여행하고 와서 글과 그림으로 엮어 펴낸 『라틴화첩기행』이라는 책이었다. "화첩기행"이라는 이름으로 글과 그림을 두루뭉술하게 섞어 책을 펴낸 것이 처음은 아니었다. 10년간 네 권이 나왔고 그중 한두 권은 상당한 베스트셀러가 되기도 했다. 베스트셀러라는 것을 반쯤은 경멸하고 반쯤은 반색하는 심정이지만 어쨌든 꽤 열띤 반응이었다. 고등학교 교과서나 대학 교재 같은 것에 실리기도 할 정도로 제법 회자되는 느낌이었다. 출판사에서 첫 권이 잘 나간다고 반색했을 때 나는 웬만큼만 쓰면 그 정도는 나가는 줄 알았다. 그만큼 무지했던 셈인데 나중에 보니 그것이 아니었다. 3권부터는 푹 꺼지더니 좀처럼 회복될 기미가 보이지 않았다. 그러거나 말거나 글과 그림의 겹쳐진 부분의 밭이랑을 하나 간다는 마음으로 꾸역꾸역 보고서 내듯 한 권씩 냈던 것인데, 『라틴화첩기행』에 이르러서는 다시 심기일전하여 문장 하나하나를 가지고 씨름을 했다. 고치고 또 고치고, 때로는 부윰하게 동터오도록 써댔다. 흡사 진검승부를 한다는 느낌이 들 정도였다. 단어 하나를 놓고 이리 쪼개고 저리 굴리기를 예사로 했다. 문장 하나를 다섯 번 고쳐 쓴 적도 있다.

그렇게 책을 냈건만 반응은 기대에 못 미쳤다. 그리고 뭔가 이상하게 돌아간다는 느낌이 왔다. 그새 문장 세계의 흐름이랄 것이 눈에 보이지 않게 바뀌어버린 것이다. 그 흐름의 변화는 나처럼 단어 하나를 놓고 고치고 또 고치고 씨름하는 고전적 노력에 조소를 퍼붓고 있었다. 무엇보다 이 새로운 흐름은 진지함을 지루함으로 받아들이고 있었다. 그리고 지루함은 가장 못 견딜 그 무엇이었다. 내가 글쓰기의 덕목으로 생각하던 요소들이 버려야 할 유산이 되어 있었던 것이다. 갑자기 감당하기 어려운 피로가 몰려왔다. 무릇 모든 창작은 공명의 울림을 기대하고 나오는 것이다. 아무리 독야청청한대도 그 울림의 폭이 클수록 쟁이는 신명이 나는 법이다. 화가인 내가 글을 안 쓴다 해서 무슨 대수랴.

다시는 글을 안 쓰겠다고 처음 말했을 때 아내는 그 정도면 괜찮게 나간 거라고 했다. 내 경우는…… 하는 말은 차마 하지 않고 있었다. 그러고 보니 소설가인 그녀의 경우는 매번 만 권도 넘기지 못하고 있었다. 허구한 날 새벽이 될 때까지 몸의 진기가 다 빠져나가도록 자판을 두드리는, 그래서 아침이면 죽음에 내몰리는 것처럼 파김치가 되는 날들이 거듭되었지만 만 권 한 번을 제대로 넘기지 못한 것이다.

그렇지만 그녀는 한 번도 앙앙불락하지 않았다. 단 한 번도 자조하거나 다시는 쓰고 싶지 않다고 투정하지도 않았다. 글이란, 그런 거라고, 돌아오기를 기대하지 않는 눈먼 짝사랑 같은 것이라고 생각하는 것 같았다. 그 점에서 마누라는 나보다 글쓰기에 대해 성숙한 태도를 지니고 있었다.

저간의 사정이 그러했던 연고로 나는 강아지를 빙자해 글을 다시 쓰겠다는 것이 겸연쩍었다.

"다시는 글을 안 쓰려 했지만…… 자스민 애긴 다른 거니까." 하고 말하면서 흘낏 보니 여전히 아내는 딴 곳을 보며 "흐흐……" 하고 애매하게 웃었다. "이봐, 거 왜 자꾸 흐흐 하고 웃는 거야, 기분 나쁘게?" 하고 물었더니 그녀는 손으로 입을 가리며 이젠 숫제 깔깔거리고 웃어댔다. 한참을 웃고 나더니 눈에는 눈물까지 그렁그렁하게 맺혀 무슨 말인가를 하려다가 다시 웃었다.

"아이고, 그만 좀 웃겨요, 정말."

그녀는 숫제 배를 움켜쥐고 일어나 서재로 걸어가는 것이었다. 아니, 나의 무엇이 그토록 웃기다는 말인가……

어쨌든 장고 끝에 강아지 자스민 얘기를 쓰기로 했다. 그녀가 웃건 말건, 내 결심이 뒤집혀 체면이 구겨지건 말건, 한번 쓰기로 하니 녀석에 대한 온갖 추억과 회오와 상념 들이 머릿속에서 서로 먼저 나오려고 아우성이었다. 쓰기로 결정하길 잘했다 싶었다. 이렇게라도 해서 녀석에 대한 개운하지 않은 감정을 떠나보내고 싶었다.

그러고 보면 글쓰기만 한 해원(解冤)의 수단은 없는 것 같다. 해원이라고 거창하게 표현을 해 우습지만 어쨌든 소리 없는 감정 처리로는 그래도 글쓰기만 한 게 없는 것이다. 이렇게 나는 빙 돌아 내 소년 적 버릇으로 되돌아왔다.

녀석에 대한 글을 쓰게 되면 그것은 다시 말하거니와 우리 집 애완견에 대한 이야기일 뿐 아니라 나와 가족에 대한 이야기이자, 삶의 자취를 돌아보는 일이 될 것이라는 생각이 들었다. 작은 생명의 보학(譜學)이랄까, 삶과 죽음의 볼록판화 하나가 만들어질 것 같았다. 무엇보다 인생과 삶을 성찰하는 계기가 될 것도 같았다. 그렇다. 강아지 얘기를 쓰되 내 삶을 돌아보는 것이다. 사랑과 생명을, 그리고 병고와 죽음을 묵상해보는 것이다. 그러다 보면 옛날 사진첩을 다시 꺼내 추억의 장면들을 되새김질해보는 일도 될 것이다. 나름대로 의미 있는

일이 될 것 같기도 했다. 아니, 의미가 없으면 또 어떤가. 어차피 삶은
의미와 무의미가 뒤섞이며 짜이는 천 같은 것이 아니던가.

만남,
햇살 눈부신 어느 봄날에

　모든 만남이 그토록 햇살 환한 봄날에 이루어진다면 얼마나 좋을까. 비록 헤어질 때는 쓸쓸한 가을이거나 눈 덮인 겨울이라 할지라도 만나는 때만은 그런 봄날이었으면 좋겠다. 산천은 연둣빛으로 물들고 천지는 보랏빛으로 아득한 그런 날. 떠날 때는 춥고 스산한 날이라 할지라도 만남의 날만은 그런 환한 햇빛의 날이라면 좋을 것이다. 새끼 강아지 자스민이 처음 우리 집에 온 날이 그랬다.

　햇살은 푸짐했고 뒷산엔 진달래가 흐드러지게 피어 있었다. 감당 못 할 색채의 폭죽들이 도처에서 터져 오르고 있었다. 집에서 쉬고 있는데 전화가 한 통 걸려왔다. 평소 친분이 있던 P사장이었다. 강아지를 한 마리 안 키워보겠느냐는 것이었다. 자신의 친구가 모 대기업 계열사 사장인데, 그 기업의 총수에게서 분양받는 새끼 강아지 두 마리 중 한 마리를 자신에게 준다 하니 한번 키워보라는 것이었다. 그 기업 총수는 개를 아주 좋아하며 떠르르한 족보의 명견들을 많이 가지고 있는데, 새끼를 낳으면 계열사 사장이나 임원들에게 나누어 주곤 한다는 것이었다. 나 역시 어디선가 그에 관한 기사를 읽은 것 같기도 했다.

나는 정중히 거절하려 했다. 신혼 때 "요요"라는 영특한 강아지 한 마리를 키우다 실패를 본 뒤로 다시는 애완견을 키우지 않으리라고 각오까지 한 바 있었기 때문이다. 죄송하지만, 이라고 서두를 꺼낸 다음 그 사연을 들어 거절할 생각이었다. 그런데 문제는 남의 호의를 거절하지 못하는 성격이었다. 우물쭈물하다 일단 아내에게 물어보겠다 하고 부엌에 있던 아내에게 물었다. 아내 말이, 주겠다는데 어떻게 거절하느냐는 것이었다. 좋다고 했더니 P사장은 이번에는 포메라니안과 ○○○ 두 종류 중 어느 것을 줄까 물어왔다. 애완견 품종에 무지했던 나는 다시 아내에게 물었고, 설거지를 하던 그녀는 돌아보지도 않고 포메라니안이 좋겠다고 했다. 그 강아지가 우리 집에 와서 20여 년 가까이 살다 떠난 자스민이다.

이 세상 모든 중요한 인연은 순간에 결정되어버린다. 특히 오랜 인연일수록 짧은 순간에 결정된다. 결혼이나 직업이나 직장과 같은 것이 그렇다. 만약 그때 아내가 다른 품종의 강아지를 말했다면 애완견과의 인연은 전혀 다르게 흘러갔을 것이다.

거실에서 장난감을 가지고 놀고 있던 여섯 살배기 둘째가 우리 이야기를 듣고는 "엄마 우리 집에 강아지 와?" 하고 물었다. 아내가 그렇다고 하니, "우와!" 하고 탄성을 질렀다. 마침 아홉 살배기 제 형이 초등학교에서 돌아와 집에 들어서고 있었다.

"형아! 우리 집에 강아지 온대!"

신발을 벗던 큰애는 "정말?" 하더니 얼른 제 엄마에게 가서 "엄마, 고맙습니다!" 하며 다리를 안았다. 두 아이는 오래전부터 애완견을 사달라고 졸랐는데 우리 내외가 들어주지 않고 있었던 것이다. 아이들은 강아지 오는 것을 본다며 아파트를 뛰어 내려갔고 잠시 후 왁자지껄한 소리에 창으로 내려다보니 P사장의 차가 들어서고 있었다. 내가 내려가니 P사장은 조그만 철케이지를 들고 문을 열었다. 케이지 안에는 털이 검고 누런 강아지가 한 마리 들어 있었다. 삽시간에 모여든 동네 아이들의 부러움을 받으며, 우리 집 두 아이는 의기양양하게 자스민을 꺼내 아이들에게 보여주었다. 이렇게 해서 생후 한 달 남짓한 영국산 포메라니안 강아지 자스민은 우리 집에 오게 되었다.

낳은 지 40여 일밖에 안 된 작고도 검누런 털북숭이는 집이 낯선 듯 처음엔 꼼짝 않고 있더니 작은 소리로 울며 이리저리 돌아다녔다. 엄마를 찾는 것 같았다. 용인에 있는 기업 총수의 개를 관리하는 곳에서 왔다 했는데 아마도 제 친엄마나 젖어미개의 품에서 막 떨어져 나온 듯했다. 여러 마리의 개를 키우고 있다는 그곳은 넓은 초원과 좋은 시설을 갖추고 있다고 들었는데, 우리 집은 그곳과는 비교할 수 없이 작은 공간인 데다 낯선 사람들뿐이었다.

산 밑의 집

자스민 일기

 자동차에 실려 낯선 곳으로 오게 되었습니다.

나를 싣고 온 아저씨가 산자락 밑의 한 아파트 마당에 차를 세우자 창밖에 있던 아이들이 우르르 달려왔습니다.

"와, 강아지다!"

아이들은 함성을 지르며 나를 서로 안으려고 했습니다. 왁자지껄하는 아이들 중 한 아이의 품에 안겨 아파트에 들어갔는데 아줌마와 아저씨가 좀 한심하다는 듯 나를 바라보았습니다. 아이들과는 달리 두 사람은 시큰둥하고 심란한 표정으로 바라보는 것이었습니다.

"애물단지가 왔군. 이거 참 암담하네." 하고 아저씨가 말하자,

"생긴 것도 영 별론데? 애, 넌 왜 그렇게 생겼니?" 하고 아줌마가

받았습니다.

"왜 그러세요, 이쁜데."

다행히 아이들 중 누군가가 볼 부은 소리로 그렇게 말해주긴 했지만 나는 속상하고 슬펐습니다.

창밖으로는 야트막한 산이 보였습니다. 그런데 우리 엄마는 어디에 있는 걸까요? 나는 왜 이 집으로 오게 된 걸까요? 그리고 얼마나 멀리 와 있는 걸까요?

전화

자스민 일기

김 교수 아저씨네 집으로 와서 한 주일 내내 나는 너무 슬펐습니다.

영국 엄마 생각 때문이기도 했고 용인의 풀밭에서 함께 놀던 동무들 생각 때문이기도 했습니다. 이 집은 잔디밭 같은 것도 없고 상자 같은 방마다 책들만 천장에 닿게 쌓여 있어서 그 밑으로 다니기도 위험할 것 같았습니다. 거기다가 주인아저씨와 주인아주머니의 전화 통화를 들으면서 더욱 슬퍼졌습니다. 내가 그 집에 가고 나서 이틀째 되던 날에 아저씨는 누군가와 길게 전화를 하면서 나를 원망하기 시작했던 것입니다.

"글쎄, 강아지 같은 것을 키울 마음의 준비도 전혀 되어 있지 않았

34

는데 다짜고짜 덥석 떠안기지 뭐야. (세상에나. 분명히 키울 의사를 물었
는데.) 뭐니 뭐니 해도 문제는 애들 엄마라니까. 애초에 단호히 싫다
고 했어야지. 말도 마. 밤새 낑낑대서 어제 한숨도 못 잤다니까. (거짓
말. 잠만 잘 자놓구서.) 그나저나 걱정이야. 이거하고 대체 언제까지 같
이 있어야 하는 건지. 엊그제 신문에서 금주의 운세를 봤거든? 동쪽
에서 귀인이 온다더니, 세상에나, 이게 온 거야! (기독교인이라더니 오
늘의 운세까지?)"

다음 날 아주머니의 통화는 그보다 더했습니다.

"글쎄, 난 원래 강아지를 싫어했고 키울 마음의 준비도 전혀 안 돼
있었다니까. 내 의사는 묻지도 않고 끌고 들어오는데 난들 어떻게 하
겠어. (분명히 묻던데.) 문제는 애들 아빠야. 항상 우물쭈물 남의 말을
거절 못 한다고. 말도 마. 밤새 낑낑대는 데다가 똥오줌을 지리고 다
녀 한숨도 못 잤어. (잠만 잘 자던데.) 아휴. 아득해. 이거하고 얼마나
같이 있어야 하는 건지. 내 팔자다 싶어. 정말 애물단지 중의 애물단
지야. 발로 뻥 차버리고 싶어."

생명,
그것의 이름은 따스함

　자스민은 제법 족보도 있었다. P사장에 의하면 아주 좋은 품종이라고 했고 몇 가지 서류가 함께 왔다. 이름은 자스민. 암컷이었고, 엄마 이름, 아빠 이름도 나와 있었다. 그리고 혈통의 몇 가지 특징들과 예방접종일 같은 것이 적혀 있었다. 아이들은 서로 강아지를 안고 자겠다고 했지만 그것만은 절대 안 된다고, 또 그러면 다시 돌려보내겠다고 으름장을 놓아 제 집에서 자도록 했다. 하지만 자스민은 한사코 방문 앞에 앉아 울어댔다. 게다가 똥오줌도 제멋대로였다. 강아지를 괜히 받았다고 후회를 하기 시작했다.

　며칠 후 늦은 밤에 나와 보니 문 앞에 웅크리고 있다가 까만 눈으로 나를 바라다보았다. 머리를 한 번 쓰다듬어주었더니 내 손을 핥았다.

조그맣고 여린, 그러면서도 따스한 감촉이 손가락으로 전달되어왔다. 얼핏 오래전 독일로 가던 비행기에서 있었던 일이 생각났다.

　개인전 때문에 베를린으로 가던 길이었는데, 옆자리에 입양되어 가는 백인 꼬마 아이 하나가 타고 있었다. 어떻게 해서 서울에서 독일까지 가게 된 것인지는 모르겠지만 목에다 이름표를 걸고 있었다. "슈발베Schwalbe"라는 독일 이름이었다. 여섯 살쯤 되어 보이는 그 백인 아이는 베를린까지 가는 동안 창밖을 보며 혼자 노래를 하거나 여승무원이 가져다준 장난감 자동차를 가지고 놀았다. 그러다 심심해지면 내 손가락을 만지작거렸다. 웃어주니 귀도 후벼 파고 눈꺼풀도 만지며 까르르 웃었다. 개구쟁이였다. 급기야 내가 무서운 표정을 짓고 나서야 얌전해지더니 스르르 기대어 잠들었다. 가만히 무릎에 누였더니 잠결에 제 손으로 내 손을 가져다가 가슴에 대었다. 새처럼 가슴이 뛰는 느낌이 전해져왔다. 아이는 여전히 잠든 채로 다시 내 손을 제 볼로 가져갔다. 작고 따스한 온기가 전해졌다. 당시 여섯 살이던 우리 집 큰아이와 비슷한 또래의 아이. 잠결에 뭐라고 웅얼거렸는데, 독일말로 "엄마"라고 하는 것 같았다. 눈물이 핑 돌아 나는 어두운 창밖을 바라보았다. 잊고 지냈던 그 작고 여린 따스함의 감촉이 내 손을 훑는 자스민의 혀를 통해 그대로 되살아난 것은 뜻밖이었다. 이때부터였던 것 같다. 내가 강아지 자스민을 좋아하게 된 것은.

그 밤, 자스민이 어둠 속에서 내 손을 따스하게 핥던 그때, 나는 생명의 온기란 종(種)을 넘어서는 것임을 깨달았다. 어린 생명체로부터 전해지는 감정은 사람이나 동물이나 별반 다를 바가 없었던 것이다. 그날의 경험은 동물에 대해 별로 호의적이지 않았던 생각을 교정해주었고, 생명에 대한 사색의 깊이를 더해주는 계기가 되어주었다.

처음 아이가 태어나 안고 병원을 나서던 때가 생각난다. 기쁨과 함께 그 작고 여린 몸이 살아갈 세상에 대한 우수가 함께 느껴졌다. 햇살 부서지는 밖으로 나와 택시를 기다리는 동안 죄의식까지는 아니더라도 애잔함, 연민, 미안함 같은 감정이 몰려왔다. 세상은 아름답기보다 고달프고 사나운 곳이라는 상념 때문이었다. 어쩌면 옛날에 나의 아버지도 어린 나를 안고 그런 상념에 잠겼을지도 모를 일이다.

어느 책에선가 그런 내용을 읽은 적이 있다. 모든 어린 생명체들을, 맹수의 새끼라고 할지라도 그토록 귀엽고 사랑스러우며 애잔한 느낌으로 만든 것은 험한 세상에서 보호받게 하기 위한 창조주의 배려라는. 아닌 게 아니라 TV의 다큐멘터리 필름 같은 것을 보면 호랑이나 곰 같은 사나운 동물이라 할지라도 새끼 때엔 그토록 귀엽고 사랑스러울 수가 없다. 언젠가 TV에 나온 북극곰 일가를 보고 파안을 하며 웃었는데, 북극의 흰색 아가 곰 두 마리가 커다란 몸집의 제 어미를 아장아장 따라가는 모습이 너무나도 귀여웠던 것이다.

　자스민 또한 마찬가지였다.

산에···

　사나흘간 밤이면 문 앞에서 울어대던 새끼 강아지 자스민은 이후 빠르게 우리 가족에게 적응해갔다. 두 아이는 학교, 유치원에서 돌아오자마자 자스민을 부르며 문을 열었고, 강아지는 꼬리를 치며 달려갔다. 이후 자스민은 거의 모든 시간을 두 아이와 함께했다. 한 달쯤 지나자 곰 인형을 던지면 물어 왔고, 왕왕 짖어댔다. 물어 왔으니 뭔가 달라는 표시였다.

　당시 우리는 서울대학교 정문이 가까운 관악산 기슭에 살고 있었다. 아내는 그 산의 약수터를 즐겨 찾았는데 자스민이 그 길을 따라나섰다. 외진 약수터까지 자스민이 졸래졸래 따라오니 아내는 한결 안심이 된다고 했다. 항상 저만큼 앞서 뛰어간 다음 뒤를 돌아보며 아내가 오기를 기다린다고, 기특하다고 했다. 나무가 우거져서 낮에는 어두한 산길을 아내는 그렇게 강아지를 의지 삼아 오르내렸다. 자스민은 약수터로 이어지는 오르막 산길을 잘도 뛰어다녔다. 밖에 나가는 것을 너무도 좋아해서 "산에……" 하면 얼른 현관에 먼저 나가서 짖어댔다. 빨리 나가자는 것이었다. 한국에 와서 처음 살던 자연농원의 그 넓고 푸른 초원에 대한 기억 때문이었는지, 아니면 유전자 속에 각인된 웨일즈의 아름다운 정원 때문이었는지, 자스민은 유난히 숲과 꽃의 산길을 좋아했다.

따지고 보면 어린 시절 나를 한사코 불러낸 것도 산과 들과 강이었다. 학교에서 돌아오자마자 책가방일랑 던져놓고 해가 설핏하도록 들로 산으로 뛰어다녔던 것이다. 나야말로 자연이 키운 아이였다. 내가 어릴 적 만났던 대자연은 그대로 창조주의 생명 미술관이었다. 색채에 대한 감성도 그 시절에 이루어졌다. 봄이면 끝 간 데 없이 펼쳐지던 보라색 자운영 밭과 불타는 저녁놀, 와르르 쏟아질 것 같은 별무리의 밤, 흐드러지게 핀 꽃들과 가을이면 불타오르던 낙엽들, 백설애애(白雪靄靄)한 눈 덮인 산야. 모든 것이 내게는 말 없는 색채의 교과서였다. 색에 대한 경계 없음은 그때 습득되었던 것 같다.

유심히 보기

그 시절에는 학교 가는 일이나 공부가 오늘날처럼 아이들을 짓누르지 않았다. 내가 4학년까지 다녔던 초등학교는 산기슭에 있었고 그곳까지 가려면 시냇물을 지나고 언덕과 들길이며 야산도 지나야 했다. 봄이면 봄대로 여름이면 여름대로 눈앞에 펼쳐진 온갖 색채들이 내 시선을 잡아끌었다. 평생 색을 쓰며 살아야 할 운명이었는지 그 황홀한 색채에 눈길을 빼앗겨 산이나 물가에서 노느라고 학교를 빼먹는 일이 잦았다. 어떤 날은 숲 속에 들어가 도시락을 까먹고 놀다가 잠이 들어 해가 설핏해서야 깬 적도 있다. 이럴 때 어디서 날아왔는지 낙락장송 속에서 황홀한 색채의 산닭이 나를 내려다보기도 했다. 색, 천지가 색이었다.

이 시절 산이나 물가에서 놀면서 버릇이 하나 생겼다. 자연을 유심히 보는 것이었다. 무심히 일별해버리는 것이 아니라 그 형태와 모양, 무늬 같은 것을 유심히, 오랫동안 보는 것이었다. 형태를 그렇게 뚫어져라 보면 으레 생태가 보였다. 그리고 그 생태를 어렴풋이 알게 되면 사랑의 마음 비슷한 것이 생겨나곤 했다. 생명 유기체 사이에 연결된 보이지 않는 이 '사랑'이라는 끈이 물, 공기, 햇빛 못지않게 생명을 살아 있게 하는 중요한 요소라는 것을, 지난 뒤에 깨닫게 됐다.

산마루턱의 약수터까지 데리고 다니면서, 자스민 역시 가끔씩 나뭇잎이며 꽃 같은 것을 뚫어져라 유심히 본다는 것을 알게 되었다. 바라본다는 것, 사랑은 바로 그 지점에서 발화된다. 시인은 그 이름을 불러주었을 때 꽃이 된다고 했지만 '바라봄'으로서 비로소 생명 유기체는 서로에게 하나의 '의미'가 되는 것이다.

내 어린 시절 우리 집에 '누렁이'라는 토종개가 한 마리 있었다. 내가 어디로 가든 누렁이는 나와 함께였다. 들로 산으로 힘차게 내달리고 컹컹 짖을 때면 그렇게 든든할 수가 없었다. 그런데 어느 날 아침 일어나 보니 누렁이가 보이지 않았다. 어머니는 집을 나갔다고 했지만 나는 그럴 리 없다고 생각했다. 개도둑이 훔쳐간 것이 분명했다. 하룻밤 사이에 개 몇 마리가 사라져버렸으니 말이다. 너나없이 어렵게 살던 시절이었다. 나는 냇가 언덕에 앉아 소리 죽여 울었다. 그 이듬해 아버지의 죽음을 맞기까지는 누렁이와의 이별이 그때까지 경험한 가장 큰 상실이었다. 가끔 자스민을 데리고 산을 오르내릴 때면 나는 어느새 몸집 큰 그 옛날의 어린아이가 되어 있는 것을 느끼곤 했다.

가끔씩 스쳐 가는, 자스민도 그렇게 어느 날 내 곁을 떠나가는 것이 겠지, 하는 생각. 영락없이 열세 살의 아이가 내 안에 있었다. 상실에 대한 두려움을 마음 깊숙이 숨긴 채 살아가는 어른아이인 채로.

바둑알 세 개

자스민 일기

 아저씨는 가끔 날 보고 "바둑알 세 개"라고 부릅니다.

눈 코 입 세 개가 까만 바둑알 세 개를 역삼각형 모양으로 놓은 것 같다는 거예요. 그리고 가끔은 줄여서 "어이, 바세!" 하고 부릅니다. 그러면 어떤 사람들은 그게 무슨 스페인어쯤 되는 줄 알고 "이름도 참 세련됐네요." 하는 것이지만, 나는 속으로 부아가 난답니다. 그런 썰렁한 농담 안 했음 좋겠는데, "얘 얼굴은 까만 바둑알 세 개야. 아무리 그림 못 그리는 사람도 삼각형 위로 바둑알 세 개만 그려놓고 양쪽에 귀 하나씩 그리면 얘 얼굴이 돼." 하고 놀리기도 합니다.

제발 아저씨가 내 이름을 엄마가 지어주신 "자스민"이라는 예쁜 이름으로 불러주었으면 좋겠어요.

나는 바둑알이 아니니까요.

조금 전에도 아저씨가 "어이, 바세!" 하길래 왕왕 짖어버렸습니다.

세 마디 말

아저씨네 집에 와서 배운 세 마디 말은 "안 돼" "밥 먹어" "산에"입니다.

내가 실수로 오줌을 지리면 여기저기서 "안 돼"라는 소리가 들려오기 때문에 그 말을 맨 처음 배우게 되었습니다. "밥 먹어"와 "산에"는 차츰 알아듣게 되었는데 내가 참 좋아하는 말들입니다.

아침에 식구들이 식탁 쪽으로 하나둘 모이는 시간이 나는 참 좋습니다. 그리고 함께 산에 가는 시간도요. "밥 먹어"라는 말 다음에 오는 식탁에서 오순도순하는 시간, "산에"라는 말 다음에 펼쳐지는 야외의 시간이 너무 좋아 나는 그 두 말을 친구처럼 좋아하게 되었습니다. 그래서 "밥"이나 "먹어"라는 말을 들으면 쏜살같이 식탁으로 뛰어가게 돼요.

어느 날은 그런 나를 보고 아저씨가 어이없어하며 말했습니다.

"야, 너 아무리 강아지지만 지적인 데라고는 눈곱만큼도 없는 애로구나. 먹을 생각만으로 머리가 꽉 차 있어."

지적이라는 게 뭔지는 모르지만 난 "밥 먹어"와 "산에"라는 말이 참 좋습니다. 그리고 "안 돼"보다 "사랑해"라는 말을 더 많이 듣고 싶습니다.

내 안의 열세 살

　나는 평소에 운동과는 담쌓고 살아가는 사람이다. 작업을 하지 않더라도 밤늦도록 책을 읽거나 흘러간 영화 같은 것을 보느라고 새벽까지 깨어 있다가 늦잠을 자는 일이 다반사다. 그 흔한 골프장이나 헬스장 같은 데에도 출입하지 않고 지극히 정태적(靜態的)인 삶을 살고 있다.

　운동을 안 하는 대신 책은 많이 읽는다. 독서를 운동으로 대치할 수 없는 것이겠지만 나는 조금은 요상하고 재미있는 체험을 하곤 한다. 책 읽기에 가속도를 붙이다 보면 운동 효과 비슷한 것을 느끼게 되는 것이다. 예컨대 '걷기'가 좋다 하면 몇날 며칠 '걷기에 관한 책'을 읽는다. 야심하도록 걷기 책을 읽으며 밤늦게까지 걷고 있는 듯한 느낌 속으로 들어가는 것이다. '등산'의 경우도 마찬가지. 굳이 등산복을 챙기지 않고서도 사나흘 '등산에 관한 책'을 읽다 보면 이마에 송글 송글 땀이 맺힌다. '자전거 타기'며 '조깅' 역시 굳이 위험천만한 대로 변으로 나가지 않고서도 책으로 그 효과를 흠뻑 맛본다. 어려서부터 자폐아 비슷하게 문 닫고 줄곧 읽어댄 독서 이력 뒤에 생겨난 나만의 신기한 체험이다. 언젠가 의사들이 모인 자리에서 이 얘기를 했다가 "그 무슨 해괴한 소리냐"라는 핀잔을 들었지만, 어쨌거나 내게는 그 것이 사실이었다.

교육심리학에 사람의 13세 이전까지의 경험이 평생을 좌우한다는 설이 있다고 한다. 13세 이전까지 어떤 환경에서 자랐는지가 평생에 걸쳐 절대적인 영향력을 발휘한다는 것인데, 과연 그런 것 같다. 나 어렸을 때에는 일에 대한, 노동에 대한 개념은 있었지만 운동 개념이 란 없었다. 가끔 아이들이 공놀이 같은 것을 하며 뛰어다니면, "이놈 들아, 쓸데없이 뛰지 마라, 배 꺼진다!" 하고 잔소리를 듣기 일쑤였 다. 전후로부터 멀지 않은 시절이었고 춘궁기가 심하던 때였다. 그래 서 지금도 나는 '쓸데없이' 러닝머신 같은 데서 뛰는 것에 익숙지 않 다. 심지어 약간의 죄의식 비슷한 느낌이 들거나 좀 바보 같다는 생각 이 들 정도인 것이다. 그러니 풀밭 위에 공을 올려놓고 쳐대는 골프 같은 일일랑 얼마나 한심하게 생각되겠는가. 심지어 반평생의 직장이 관악산 기슭이고 주거 또한 그러하지만 등산 또한 2년에 세 번꼴이다. 그런데 신기한 것은 그럼에도 불구하고 산을 오르면 웬만한 사람들이 나를 따라오지 못한다는 것이다. 어렸을 적 누렁이와 산을 오르내리던 감각이 오롯이 되살아나면서 휘적휘적 오르게 되는 것이다. 그렇다. 몸의 기억은 그토록이나 무서운 것이다. 산마루턱에 서면 내 몸의 기억은 어서 열세 살 그때로 돌아가자고 재촉한다. 유년에 생체 속에 각인된 모든 체험은 그토록이나 오래간다는 것을 등산할 때면 느끼곤 한다.

자스민 또한 새끼 때 우리 집에 와서 아내를 따라 오르내리던 2년여의 관악산행 때문인지 그곳을 떠나와서도 야외만 나가면 놀라운 주파 능력을 보이곤 했다. 더불어 강력한 치아를 가지고 있어서 식탁 아래로 와서 내 양말을 벗겨 가는 것은 흔한 일이었고, 의자며 책상의 다리들도 움푹 들어가게 긁어놓기 일쑤였다. 누군가 이가 자라느라고 가려워서 그런다고 설명을 했는데 그야말로 쇠라도 갈아놓을 듯 단단한 치아고 힘이었다. 오, 저 무서운 힘이여! 싶을 정도였다. 말하자면 자스민의 두 살은 내게 열세 살 무렵이었던 것이다. 그런 자스민의 질주 본능이 가장 잘 발휘되는 곳은 드넓은 잔디밭이었다.

그 푸르디푸른 하늘과 잔디밭

주말이나 휴일 같은 때에 서울대학교 교수회관 가는 순환도로 가에 있는 야외극장 근처에 자스민을 풀어놓으면 그야말로 바람을 가르듯 달리곤 했다. 자스민은 간단한 먹을거리를 싸들고 가는 이 학교 소풍을 가장 좋아했다. 차창 밖으로 학교 풍경이 드러나면 어쩔 줄 몰라 하는 것이었다. 이때 가슴팍에 손을 대보면 여린 심장의 두근대는 느낌이 그대로 전해져오곤 했다. 잔디밭에 작은 공을 던지면 그것을 물어 오느라 달리기를 계속했고, 우리 집 아이들과 더불어 공 뺏기를 할 때 가장 신이 나 보였다.

돌이켜보면 자스민의 생애 중 이때가 가장 행복했던 시절이 아니었을까 싶다.

아니, 우리에게도 이 시절은 화사한 인생의 봄날이었다. 나는 그야말로 호랑이처럼 일을 해댔지만 피곤한 줄 몰랐다. 가끔 나이 든 분들이 혈압이 어떻고 당뇨가 어떻고 피곤이 어떻고 하면 저게 무슨 말인가 싶었다. 눈은 아무리 혹사해도 좌우 1.5의 시력이 유지되었고, 일은 아무리 해도 걸신들린 듯 채워지지가 않았다. 이 시절에 정체가 애매한 글을 하염없이 긁어댔다가 시간이 지나면 모두 없애버리기를 거듭했다. 넘치는 열정이나 힘을 주체하지 못하던 시기였다.

소설가 김승옥의 단편 중에 「역사(力士)」라는 것이 있다. 동네의 씨름판을 휩쓸던 장사가 서울로 상경한다. 도시에 와서 그는 자신의 힘을 쓸 곳이 없다는 것을 알게 된다. 그는 한밤중에 홀로 일어나 동대문 근처로 가서 무거운 돌멩이를 들어 올리고 옮기다가 원래대로 가져다놓는 일을 되풀이한다. 무지막지한 힘이었다. 그런 힘은 아니었지만 그 시절 나 역시 온갖 상상과 상념들이 서로 앞다투어 뚫고 나오려고 해서 고통 비슷한 것을 느끼기까지 했다. 마구 썼다가 쌓이면 버리고 마구 그려댄 후에 구겨 던지곤 했다. 그 시절 나는 죽음의 문 앞에 도달하기까지 이 모든 힘이 그대로 가는 것이라고 생각했다. 하지만, 생명 에너지라는 것이 시간과 함께 서서히 쇠약의 길을 걷는 것이

라는 평범한 사실을 알기까지는 그리 많은 시간이 걸리지 않았다.

어쨌거나 강아지와 우리 네 사람은 그때 빛이 쏟아지는 생의 한가운데에 있었다. 잔디밭에 누워 보면 파란 하늘 아래 플라타너스 잎이 햇빛에 반짝이는 것이 보였고, 천지가 평화투성이었다. 문득문득, 시간은 이쯤에서 정지된 듯 천천히 갈 수는 없는 것일까, 하는 생각이 들곤 했다. 지금 생각하니 그 시절이 가장 화사하고 아름다운 날들이었는지도 모르겠다. 그러나 그때는 그때대로 별것도 아닌 일로 근심과 우수에 상당 부분을 내주어버렸다. 들춰 보면 우습게도 그 화사한 시절의 일기장 역시 온통 잿빛이니 말이다.

그때에는 일상의 기록들이 잿빛으로 채워지는 것이 멋인 줄 알았다. 그러고 보면 삶은 시간이나 상황의 문제가 아니라 어떻게 바라보는가 하는 시각의 문제인 것 같기도 하다. 왜 그때는 그때의 아름다움과 행복을 모르는 것일까. 지은이를 잃어버린 시 한 편이 떠오른다.

이십 대에는
서른이 두려웠다
서른이 되면 죽는 줄 알았다

이윽고 서른이 되었고 싱겁게 난 살아 있었다
마흔이 되니
그때가 그리 아름다운 나이였다.

삼십 대에는
마흔이 무서웠다
마흔이 되면 세상이 끝나는 줄 알았다
이윽고 마흔이 되었고 난 슬프게 멀쩡했다
쉰이 되니
그때가 그리 아름다운 나이였다.

예순이 되면 쉰이 그러리라
일흔이 되면 예순이 그러리라.

죽음 앞에서
모든 그때는 절정이다
모든 나이는 아름답다

다만 그때는 그때의 아름다움을 모를 뿐이다.

너나없이 시간의 덫에 갇힌 존재라는, 생명을 부여받은 시간이 지나고 나면 소멸된다는 점에 있어서는 사람이나 동물이나 마찬가지다. 내가 지금 '아아, 그 시절!' 하고 돌아보듯이 강아지 자스민 역시 옛날을 추억할 수 있다면 그 푸르디푸른 캠퍼스 잔디밭을 뛰놀던 시절이 진정 행복한 시절이었노라고 말하지 않을까.

슉슉, 샥샥

자스민 일기

나, 자스민이 제일 좋아하는 소리는 주인아저씨가 비닐봉지를 뜯어 치즈나 초콜릿을 꺼내는 소리입니다.

그 소리는 내게 '슉슉, 샥샥'으로 들립니다. 아저씨는 우리 집에서 첫째가는 군것질 대장입니다. 외국 여행에서 사 온 치즈나 초콜릿을 자주 꺼내 책을 읽거나 글을 쓰면서 슉슉샥샥 봉지를 뜯는 것입니다.

조용한 밤이면 그 소리가 더 선명하게 들립니다. 슉슉샥샥 소리가 들리면 나는 집에서 얼른 뛰쳐나가 아저씨 발치 아래로 가서 왔다고 기척을 합니다. 그러면 아저씨는 테이블 아래의 나를 보곤 "너 왔구나. 정말 대단하다. 언제 알아듣고." 하고서는 치즈를 조금씩 떼어줍니다. 그 맛이 너무 좋아 나는 슉슉샥샥 소리가 들리면 0.1초 안에 아저씨 발치 아래로 달려가곤 합니다.

　하지만 아저씨는 가끔씩 빈 봉지로 슉슉샥샥 소리를 내어 나를 골탕 먹이기도 합니다. 얼른 달려가면 빈 봉투를 보이며 "속았지?" 하는 것입니다. 이럴 때 나는 화가 나서 왕왕 짖어대는 것이지만 아저씨는 그래도 가끔씩 가짜 슉슉샥샥 소리를 냅니다. 이럴 땐 참 나쁜 아저씨입니다.

밤이 깊어나

식탁의 시간

　자스민이 두 살 되던 해 봄에 우리는 신림동을 떠나 방배동의 한 아파트로 이사하게 되었다. 두 아이는 인근의 초등학교로 전학을 해서 아이들에게나 자스민에게나 더 이상 산도 초원도 허락되지 않았다. 다행히 아파트 뒷공간이 상당히 넓었고 거기에 오래된 나무들이 심겨 있어 하루 한 번은 그 공간을 달릴 수 있었지만, 신림동 시절에 비하면 그 동선이나 구간이 턱없이 짧았다.

　실내에서 주로 생활하다 보니 자스민은 사람과의 교감이 더 깊어지는 듯했다. 두 살이 지나면서부터는 다양하게 제 의사를 표시했다. 자스민이 가장 좋아하는 것은 아침 식사 시간. 그때만은 식구들이 모두 식탁으로 모여들기 때문이다. 조금이라도 늦어진다 싶으면 자스민은 방으로 욕실로 뛰어다니며 캉캉 짖어댔다. 빨리 나오라는 것이었다.

가족이 식탁으로 다 모이면 자스민은 그 발치 아래에서 턱을 마루에 대고 기다렸다. 자기에게도 음식을 나누어 달라는 표시였다. 정말이지 이 순간만은 자신이 강아지라는 사실을 잊은 듯했다. 가족 구성원의 하나라고 생각했을 것이다. 사실 식사 시간뿐 아니라 거의 모든 시간을 자스민은 스스로를 차별화하거나 구분하려는 의식이 없어 보였다. 식탁에서 아무것도 내려오지 않으면 내 다리를 저와 나만 알 만큼 살짝 건드렸다. 뭘 좀 달라는 것인데, 모른 척하고 있으면 그 강도가 점점 올라간다. 못 이기는 척 과일이나 간식거리를 내려주면 고양이처럼 살금살금 먹는다. 내가 강아지 버릇을 잘못 들인다고 성화인 아내와의, 식탁에서의 작은 분쟁은 자스민이 떠날 때까지 계속되었다.

『내 생의 마지막 저녁 식사』라는 책이 있다. "등대의 불빛"이라는 뜻을 가진 독일 함부르크의 호스피스 병동의 요리사 이야기를 담은 책이다. 요리사 루프레히트 슈미트는 말기 암 환자들을 비롯한 요양원의 임종 환자들에게 가장 먹고 싶은 음식을 주문받아 정성스럽게 준비한다. 대개는 한 모금도 삼키지 못하고 바라만 보거나, 준비해 간다 해도 그새 저 세상으로 떠난다. 그래도 원했던 음식을 보면서 환자들은 비로소 희미하게나마 행복한 웃음을 띠며 죽어간다.

음식을 먹는 것은 추억을 먹는 것이기도 하다. 식탁에 함께했던 사랑하는 이들과의 시간을 떠올리게 하기 때문이다. 예수께서도 끔찍한 처형의 시간을 앞두고 제자들과 식탁에 앉아 마지막 식사를 하셨다. 생명 공동체의 밥상인 '식탁'은 그래서 살아가는 동안 놓쳐서는 안 될 것 중의 하나인 것이다.

바쁘다는 핑계로 너무도 소홀히해버리는 그 네모난 식탁. 가족 공동체가 그 한 귀퉁이씩을 채우고 앉을 때에야 비로소 따뜻한 온기가 피어오르는 것이건만 그 네모난 사각은 다 채워지지 않아 쓸쓸할 때가 많다. 그 점에서 자스민이야말로 우리 집 식탁을 가장 굳건히 지켜낸 주인공이었다.

모두 함께

자스민 일기

내가 가장 좋아하는 것은 아침 식사 시간입니다.

이 시간이 가까워오면 나는 설레기 시작합니다. 아줌마가 부엌에서 음식을 만드느라고 달그락거리는 소리가 들려오고 이내 고소한 냄새가 퍼지면 나는 뛰어다니면서 어서 식탁으로 모이라고 캉캉 짖어댑니다.

이 집 가족들은 모두 늦게 자고 늦게 일어나는데 마루에 햇살이 환하게 퍼지다못해 해가 중천에 뜨도록 꾸물거리기 일쑤입니다. 내가 짖고 돌아다녀도 넷이서 함께 식탁에 모이기까지는 시간이 참 오래 걸립니다. 게다가 아저씨는 CD를 고르느라고 한참 동안이나 오디오 앞에서 뒤적거리는 바람에 아침 식사 시간은 더 늦어집니다. 그렇게 정성스럽게 고른 음악이지만 막상 틀면 듣는지 마는지 각자 얘기를 하느라고 바쁩니다.

갓 구워낸 빵 냄새가 너무 좋아 좀 달라고 아저씨의 다리를 살짝 건드리거나 긁어대면 빵 부스러기는 조금 떼어 주면서 그때부터 흉보는 소리는 오래합니다.

"이거 정말 완전히 먹방이야. 먹는 생각밖에 안 해."

아저씨가 말하면 냉큼 아줌마가 받습니다.

"아무리 강아지지만 정말 너무하는 것 같아요."

"좀 바보인가 봐요."(큰애)

그래도 둘째 용이가 남모르게 식탁으로 손을 내밀어 날 쓰다듬어주는 것이 다행입니다.

다들 아침 식탁에서 내 흉을 보지만 정말이지 난 모두 함께 모이는 그 시간이 참 좋습니다. 그걸 몰라주어 너무 슬프고 억울합니다. 물론 식탁 아래에서 얻어먹는 빵과 치즈를 좋아하는 것도 사실이지만 말입니다.

가족이… 아닌가요?

자스민 일기

 둘째 용이가 초등학교 2학년 때의 어느 날이었습니다.

과제물 중에 가족 이름을 적어 오는 것이 있었습니다. 용이는 엄마, 아빠와 형, 그리고 나 자스민의 이름을 적어 넣었습니다. 그러고는 아줌마에게 보여주었습니다. 칭찬을 받고 싶었던 모양입니다.

아줌마가 웃으며 말했습니다.

"자스민은 우리 가족이 아니야. 애완견일 뿐이야."

용이는 "자스민이 우리 가족이 아니야?" 하고 의아한 얼굴로 물었습니다. 바로 그때였습니다.

소파에서 신문을 읽던 아저씨가 팩! 하고 말했습니다.

"이거 무슨 지진아들이야 뭐야? 애가 사람하고 강아지도 구분 못

67

해? 만날 끼고 자더니…… 쯧쯧. 이거, 다 당신 때문이야."

용이가 나를 가족이라고 쓴 것이 왜 아줌마 잘못인지 모르겠지만 아저씨는 계속 아줌마 쪽에 대고 말하는 것이었습니다. 그러더니 나를 보면서, "저거 때문에 오줌 냄새 털 냄새로 집 안이 동물농장이 돼버렸어."라고 말하는 것이었습니다. 용이를 보면서 이런 말도 했습니다. "쟤 나이에 빠른 애들은 미적분도 푼다는데, 원." (설마요. 초등학교 2학년이 미적분을?) 그러더니 욕실 쪽으로 휑하니 가버리는 것이었습니다.

하도 화가 나서 왕왕 짖으며 쫓아갔더니 아저씨는 욕실로 들어가려다 말고 나를 휙 바라보면서 무서운 얼굴로 말했습니다.

"너…… 맞을래?"

폭군 같은 아저씨 때문에 정말 화나는 하루였습니다.

그나저나…… 나는 가족인가요, 아닌가요?

혼자서는 못해요

자스민 일기

 아저씨네 집에서 가장 알 수 없는 사람은 아저씨입니다.

정말정말 아저씨를 이해할 수 없습니다.

밤늦게까지 책을 읽으면서 입에 과자를 달고 사는데 아줌마가 그걸 말하면 "심심해서"라고 대수롭지 않게 말합니다. 그런데 훈이와 용이가 과자를 먹으려고 하면 과자가 얼마나 나쁜지 아주 길게 얘기합니다. 소파에 벌렁 눕지 말고 바르게 앉으라고 가르치면서 가장 많이 벌렁 눕는 것은 아저씨입니다. 안 쓰는 것은 버리라고 가족들에게 훈계하지만 옷장에는 아저씨 옷이 제일 많습니다.

아줌마는 아저씨를 '충동구매의 제왕'이라고 부르는데 무슨 말인지는 잘 모르겠지만 아무튼 아저씨는 엄청 사들입니다. 옛날 비디오 같은 것도 산더미처럼 쌓아놓고 옛날 넥타이며 구두도 그득합니다. 오래된 쇠로 만든 물건들은 또 어떻구요. 여행에서 돌아올 때마다 한 가방씩 메고 옵니다.

그런데도 이 알 수 없는 아저씨의 말을 아줌마는 다 들어줍니다. 왜 아줌마는 내게 하는 것처럼 "안 돼!"라고 말하지 않는 걸까요?

밤늦게 들어온 아저씨가 "나 내일 여행 가." 하고 휑하니 서재로 들어가버리면 그때부터 아줌마는 바빠집니다. 아저씨 가방을 챙겨야 하거든요. 속옷 같은 것은 기본이고 아저씨의 멍텅구리 카메라와 선글라스, 약과 간식거리에, 책과 스케치북과 볼펜까지 다 챙겨야 합니다. 그러면서도 아저씨는 두 아이에게 자기 일은 자기가 해야 한다고 가르칩니다. 가끔 한심한 듯 나를 바라보면서 "넌 혼자서는 아무것도 못하는 애구나, 쯧쯧." 할 때는 어이가 없습니다.

정말정말 아저씨는 알 수가 없습니다.

사랑밖에 난 몰라

재미있는 것은 자스민이 우리 가족 넷 중 좋아하는 우선순위가 분명했다는 것이다. 넷 중에 가장 좋아한 것은 둘째 아이였다. 큰애는 가끔 자스민 볼을 톡톡 치며 짓궂게 장난도 치고 버릇 고친다고 호통을 치기도 했지만, 둘째는 결코 그러는 법이 없었다. 마치 어린아이를 대하듯 귀여워하기만 했다. 한쪽에 오줌을 지려도 얼른 제가 닦곤 했다. 두 번째로 좋아한 것은 큰애였고 세 번째는 나였다. 나와의 친밀감은 주로 식탁에서 이루어졌는데, 내가 슬쩍슬쩍 주는 부스러기를 기다리느라고 자스민은 식사 때 내 발치에서 떠날 줄을 몰랐다. 늦은 밤 서재에서 책을 읽을 때에도 거의 늘 내 발치께에 있었다. 자스민과 관계가 가장 안 좋은 것은 아내였다. 오줌을 지리거나 식탁 밑에서 짖어딜 때면 거의 늘 아내가 야단을 쳤기 때문인 듯한데, 어쨌든 좀체 살가운 관계가 이어지지 못했다.

가족 외에도 자스민이 좋아하고 싫어하는 사람이 있었다. 우리 집에 드나드는 사람 중 가장 좋아하는 이는 아이들의 목동 이모였다. 그이가 가끔 우리 집에 들러 "자스민~~" 하고 부르면 거의 엎어질 듯 달려 나갔다. 혀로 온 얼굴을 핥으며 그렇게 좋아할 수가 없었다. 반대로 아이들의 고모부는 아주 싫어했다. 버릇을 고친다고 몇 번 야단을 쳤는데 그 기억이 강하게 남아 있었던 모양이다. 일 년에 몇 번 안 만나는 사이였지만 아이들의 고모부가 집에 오면 허옇게 이빨을 내밀고 사생결단 짖어대는 것이었다.

자스민은 정확하게 제게 향하는 사랑에 비례하게 따르고 좋아하는 것 같았다. 그야말로 '생명체에겐 사랑이 모든 것의 답'이라는 말이 절실했다. 자스민은 제가 충분히 사랑받을 만하다고 생각하는 것 같았다. "사랑밖에 난 몰라"라고 하는 것 같았다.

때론 아양도 잘 떨었다. 그토록 말렸지만 새끼 때 자스민은 종종 둘째 아이 곁에서 잠들곤 했다. 한밤중에 안고 나와 제 집에 넣으려 하면 으르렁거리며 앙탈을 부리다가 아침에 보면 어느새 다시 둘째 아이 발치에 잠들어 있곤 했다. 강아지는 반드시 제 집에 재워야 한다고 아이를 야단쳐도 소용없는 것이, 문을 박박 긁어 끝내 아이가 문을 열도록 만드는 것이었다. 강아지가 제 집에서 잠들게 된 것은 우리 집에 온 지 세 달이 지나서였다.

둘째 아이가 초등학교 2~3학년 때였던 것 같다. 강아지를 꼭 안고 있는 아이에게 엘리베이터 안에서 물었다.

"아빠가 좋으냐, 자스민이 좋으냐?"

아이는 곤혹스러워 말이 없었다. 나는 다시 되물었다.

"괜찮아, 솔직하게 말해봐. 아빠가 좋아, 자스민이 좋아?"

아이는 고개를 푹 숙이더니 기어들어가는 소리로 말했다.

"자스민이요."

한참 만에 고개를 드는데, 보니 두 눈에 눈물이 그렁그렁했다.

연민,
사랑의 다른 이름

그 모습을 보며 퍼뜩 이런 생각이 들었다. '사랑은 연민이다.'

사랑은 크고 강한 것으로 향하지 않는다. 작고 약한 것으로 흐른다. 아이에게 있어서 아빠는 크고 강한 존재였을 것이다. 야단치거나 "하지 마라" 하고 주의를 주는 그런 존재. 그러나 강아지 자스민은 달랐을 것이다. 자신이 돌보아주지 않으면 안 되는 연약한 생명체로 다가왔을 것이다. 문득 왜 하나님이 그토록 인생들을 용납하고 용서해야 했을까, 하는 의문이 풀려나가는 느낌이었다.

성경에 보면 하나님의 선민으로 나오는 히브리 민족이 끝없이 동일한 죄를 짓고 끝없이 용서받는 장면들이 나온다. 한때는 징벌하시지 않는 신에 대해 이해할 수 없었지만, 영원 속의 절대 강자인 그분으로

서는 기껏해야 한 세기 안쪽을 살다 소멸되어갈 생명체인 인간들에 대해 연민의 감정을 가지실 수밖에 없었겠구나, 하는 깨달음이 왔다. 태어났다고 좋아하고, 시집, 장가간다고 환호작약하며, 그 아름다움과 힘을 뽐내던 인생들이 결국 병들고 죽어 소멸되어가는 것. 절대자의 관점에서 본다면 다만 연민으로 다가오지 않을까.

그렇다. 가장 두렵고 무서운 것은 세상의 모든 생명체가 시간의 덫에 갇혀 있다는 것이다. 고운 페인트도 시간이 가면 하얗게 바스러져 버리는 것처럼, 우리에게 부여된 생명의 시간 또한 그렇게 바스러져 가는 것이다.

아아. 그래서 서로 사랑하라고 하였구나. 이 부서지기 쉽고 불안하며 연약한 존재들인 인간들은, 제한된 시간 속에서 서로 사랑의 동아줄로 단단히 묶지 않고서는 흔들리는 난파선 같은 인생의 배를 타고 무사히 항해하기 어려운 것이구나.

작은 강아지 한 마리가 깨닫게 해준 진실이었다.

샤넬샤넬

자스민 일기

 아저씨네 집에는 손님들이 많이 옵니다.

그중에는 내가 좋아하는 목동 이모도 있고 너무너무 싫어하는 방배동 고모부도 있습니다. 방배동 고모부는 정말 밥맛입니다. 들어오면서 하는 말이라는 게, "얘 아직 정리 안 했어?"입니다. 그럴 때마다 아저씨가 "왜 그러세요, 이쁜 애를." 하고 감싸주어서 다행입니다.

고모부는 소파에 앉으면서 나 때문에 집에서 냄새가 나는 것 같다고 시비입니다. 털도 날린다고 자기 양복을 일부러 소리 나게 털어댑니다. 그런데 정말로 화가 나는 건 주인아주머니입니다. "아유, 그러게 말이에요. 애 때문에 온 데 털이 날아다녀요!" 하고 맞장구를 치는 겁니다. "자스미인~" 하고 호들갑을 떨 땐 언제고 금방 고모부 말에

78

맞장구를 치다니! 화가 나서 왕왕 짖어보지만 소용없는 일이지요.

하루는 어떤 남자가 와서 정색을 하고 아저씨에게 러닝머신을 해보라고 권했습니다. 귀가 얇은 아저씨는 다음 날 단박에 러닝머신을 들여놓았습니다. 한두 번 뛰어보더니 "이거 정말 재미없는 물건이네!" 하고는 그 위에 다시 올라갈 기색이 없었지만요. 러닝머신은 빨래 같은 것을 넣어놓는 도구로 바뀌어버렸는데 어떤 날은 누가 와서 등산이 얼마나 좋은지를 말하는 것이었습니다. 아저씨는 다음 날 울긋불긋 등산복을 사 온 다음 "자스민, 가자!" 하고 나를 데리고 나갔습니다. 아저씨와 산에 가면서 애기 때 아주머니와 약수터 다니던 생각이 나서 너무나 좋았습니다. 코끝에 살랑이는 바람도 좋고 간지러운 햇살도 좋았습니다. 문제는 러닝머신 때처럼 아저씨가 좀체 산에 갈 기색이 안 보인다는 것입니다. 아줌마가 산에 안 가느냐고 하면 "산은 내 마음에 있어." 하는 것입니다. 하지만 어쩌다 마음이 내키면 아저씨는 "샤네샤네." 하면서 나를 앞세우는데 "샤네"는 "산에"를 말하는 것입니다.

나는 아저씨가 등산복 있는 쪽으로만 가도 얼른 현관으로 먼저 나가 빨리 나오라고 왕왕 짖어대는데, 아저씨는 "어, 애가 독심술을 하네!" 하고 신기해합니다. 샤네샤네. 늘 듣고 싶은 말 중 하나입니다.

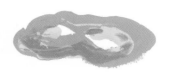

꼭끼쫌빠

자스민 일기

 아저씨는 기분이 좋을 때면 "어이, 바세(바둑알 세 개),
나 좀 보세." 하고 귀를 잡아끌거나 콧잔등이를 톡톡 때립니다.

그런데 아줌마는 "꼭끼쫌빠"라는 거예요. 가족끼리 모이는 시간이
면 나도 꼭 함께하는데(왜냐하면 나도 가족이니까요), 이럴 때 아줌마는
나보고 "꼭끼쫌빠"라고 하는 것입니다. '꼭 끼어, 좀 빠져.'라는 뜻이
라고 합니다. 내가 가족 대화나 모임에 꼭 끼어든다고 좀 빠져 있으라
는 거라네요.

"꼭끼쫌빠." 섭섭하기만 합니다.

개가 되고 싶지 않은 개

옛날에 『개가 되고 싶지 않은 개』라는 책을 읽은 적이 있다. 중학생 때로 기억되는데 작가의 이름이 어렴풋하다. 개가 자기 자신을 개라고 전혀 의식하지 못하고 사람 사이에 섞여 살면서 개의 입장에서 쓴 글이었는데, 당시 열다섯 살 소년으로서는 참으로 감동적이었다. 자스민을 키우면서 자주 그 소설이 생각나곤 했다.

그야말로 자스민은 스스로를 우리 가족과 분리하지 않는 듯했다. 가끔씩 물끄러미 자스민을 바라보며, 너는 어찌 개로 태어나고 나는 어찌 사람으로 태어났을까 묻고 싶을 정도였다. 애는 도대체 우리 가족을 어떻게 볼까, 하는 생각도 들었다.

자스민의 소원

조금 긴 자스민 일기

 나는 자스민입니다.

영국에서 태어난 두 살배기 강아지예요.

처음 배에서 내려 다시 차를 타고 도착한 곳은 영국에 있는 우리 엄마네 집과 아주 비슷했습니다. 나는 어리둥절했습니다. 내가 태어나서 두 달 동안 뛰놀던 웨일즈 할아버지네의 그 푸른 잔디, 나무들이 있는 푸르고 넓은 마당이 똑같이 눈앞에 펼쳐져 있었기 때문입니다. 마당 한쪽에는 붉은 장미 꽃밭이 있어서 나는 이 집이 엄청나게 부잣집인가 보다 생각했습니다. 그런데 알고 보니 그 집은 어느 개인 집의 정원이 아니라 "자연농원"이라고 부르는 한국 어린이들의 공동 유원지였던 것입니다. 그 푸른 마당 한쪽에 나처럼 세계 각지에서 온 강

85

아지들이 수백 마리 뛰놀고 있었습니다. 이곳의 주인 되시는 분이 강아지를 무척 사랑하여 그 많은 강아지들을 어디선가 데려왔다는 것을 알게 되었습니다. 그 자연농원에서 두 달 동안 살다가 나는 어느 사장님 집에 며칠 머물렀고, 다시 P사장이라는, 동물을 아주 사랑하시는 아저씨에 의해 지금의 "김 교수네"로 오게 되었습니다.

몇 달간 여러 곳을 거치면서 엄마와 함께 지내던 웨일즈 할아버지네 푸른 마당이 그리워졌고, 무엇보다도 나를 사랑해주시던 엄마나 웨일즈 할아버지, 할머니가 무척 보고 싶었습니다. 그런데 김 교수네로 온 후 다행인 것은 나를 끔찍이 사랑해주는 두 아이를 만나게 되었다는 것입니다. "훈이"와 "용이"라고 불리는 두 아이는 처음 만났을 때 각각 아홉 살, 여섯 살이었는데 일 년간 함께 지내는 동안 이제 한 살씩 많아져서 열 살, 일곱 살이 되었습니다. 둘 다 엄청난 개구쟁이들이어서 종종 엄마에게 야단을 맞긴 하지만 정말로 다행인 것은 나를 참 사랑하고 위해준다는 것입니다.

둘 중에서도 동생인 용이가 나를 더 사랑해주는 것 같습니다. 훈이는 가끔 내 뺨을 톡톡 치거나 나를 버릇 들인다고 앞발을 잡아 올리고 나무라는 일도 있지만 용이는 한 번도 내게 화를 낸 적이 없습니다.

김 교수 아저씨네는 일요일이면 교회에 간다는 점에서 웨일즈 할아버지네와 같습니다. 웨일즈 할아버지네 정원에 교인들이 자주 놀러와 어울려 예배를 드리고 파티를 했던 것과는 달리 김 교수 아저씨네 식구들은 단조롭게 사는 편인 것 같습니다.

집안 식구 네 사람 중 나를 가장 어리둥절하게 만드는 것은 김 교수 아저씨입니다. 아저씨는 아침에 일어나면 대개 소파로 나와 배달되어 온 신문부터 펼쳐 들곤 합니다. 나는 이 점이 의아했습니다. 웨일즈 할아버지는 일어나시면 늘 문 앞의 나를 한 번 쓰다듬어주시고는 서재로 들어가서 램프를 켜고 성경을 읽으셨기 때문입니다. 때로는 무릎을 꿇고 기도를 드리기도 했습니다. 신문은 그다음이었지요. 그런데 김 교수 아저씨는 교회의 집사라고 하면서도 신문부터 펼쳐 들고는 놀랍게도 가끔 "에이, 자식들!"이나 "웃기는 놈들이군."과 같은 비속한 말을 쓰며 신문을 탁 덮어버리는 것입니다. 때로는 큰 소리로 아내에게 "정치한다는 놈들 말이야, 어디 그것들 믿고 살겠어?"라고 말하기도 하는 것이었습니다. 언젠가도 이렇게 비속한 말을 쓰다가 막 걸려온 전화를 받고서는 갑자기 거룩한 음성으로 "네, 목사님, 그저 감사하며 살 뿐이지요. 네, 네. 성령 충만하도록 기도해주십시오."라며 딴사람처럼 말하는 것이었습니다. 김 교수 아저씨가 왜 그렇게 두 가지 태도로 말하는지 알 수가 없습니다. 우리는 그저 늘 컹컹 하고 한소리로 짖을 뿐인데 말입니다.

놀랍기는 훈이, 용이네 엄마도 마찬가지입니다. 글을 쓴다는 그분은 평소엔 아주 조용하다가도 책상 앞에만 앉으면 여간 날카로워지는 게 아닙니다. 언젠가 화장실 문이 잠겨 낑낑대며 소변을 참다 참다 거실 마루에 좀 찔끔한 적이 있습니다. 이때 아주머니는 발칵 문을 열더니 "아유! 저놈의 개 새끼, 못 키우겠어 정말!" 하며 숫제 나를 발로 찰 기세였습니다.

그날 저녁, 식사 후에 가족들이 오랜만에 가족 예배 드리는 것을 저만큼 떨어져서 구경하는데 먼저 김 교수 아저씨가 두 아이에게 타이르는 것이었습니다.

"어떤 경우에도 고운 말을 써야 한다. 예수님은 고운 말 쓰는 어린아이를 사랑하셔."

그러자 아주머니가 말을 받았습니다.

"친구에게 골낸다든지 상소리 하는 것, 예수님이 너무 싫어하시는 거야."

막 찬송을 하려는데 요란하게 전화벨이 울렸습니다. 용이가 받아서 "아빠~" 하고 불렀습니다.

"누구야?" 하고 김 교수 아저씨가 묻자, 용이는 "누구세요?"라고 묻고 나서 "잡지사래요." 하고 말했습니다.

김 교수 아저씨가 손가락을 입에 대더니 말했습니다.

"없다고 그래."

"하지만……" 훈이가 끼어들었습니다. "계시잖아요, 여기."

"인마, 예배드릴 때 전화 받는 거 아냐."

김 교수 아저씨가 윽박질렀습니다.

그때 용이가 전화기에 대고 말했습니다.

"안 계시다는데요? 아빠가."

전화가 끊기고 다시 예배가 시작되었지만 어딘지 맥이 빠져버린 모양이 되었습니다.

김 교수 아저씨 집엔 다양한 사람들이 놀러 오기도 합니다. 목사님과 교인들은 물론이고 아저씨의 제자들, 소설가, 성악가, 화랑 주인 등 참으로 성분이 다양합니다. 언젠가 아저씨는 교회에서 온 분들과 '천국에 믿음으로 가느냐 행위로 가느냐'의 문제로 오랫동안 토론을 하기도 했습니다.

나는 그런 골치 아픈 문제는 잘 모르지만 김 교수 아저씨나 정 집사 아주머니가 일요일이면 교회에 나가서 각각 유치부와 고등부 학생들을 가르칠 때의 모습처럼 늘 온화하고 사랑에 가득 찬 표정과 말씨를 보여주면 좋겠습니다. 그리고 나를 가장 사랑해주는 용이가 밥을 잘 먹지 않는 것이 속상한데 다른 아이들처럼 많이 먹고 무럭무럭 자라주면 좋겠고, 훈이와 용이가 나를 더 잘 데리고 놀아주면 좋겠습니다. 무슨 걱정이 있는지 요새 김 교수 아저씨는 말수가 훨씬 줄어들고 때로는 얼굴에 그늘이 드리우는 때도 있는데 나는 김 교수 아저씨와 아주머니가 밝은 얼굴일 때가 참 좋습니다.

이제 영국 웨일즈 할아버지네에서의 기억은 점차 희미해지고 나는 훈이와 용이네에 정이 들어 한가족이 되어버렸습니다. 김 교수 아저씨네 식구들의 단점까지 사랑하게 되었습니다. 우리 강아지들도 천국에 갈 수 있는지는 모르겠지만 나는 나중에 천국에 가서라도 김 교수 아저씨네와 같이 살고 싶습니다.

나는 기다려요

자스민 일기

 텅 빈 집에 혼자 있는 것이 나는 참 싫어요.

그래서 나는 기다려요.

훈이와 용이가 왁자지껄하며 들어오는 것을 기다려요.

서재에 들어가 밤이 이슥하도록 책만 읽어대는 재미없는 아저씨지만 그 아저씨 오는 것도 기다려요.

그리고 새침데기 아줌마가 새침한 모습으로 들어오는 것도 기다려요.

내가 정말 못 견디는 것은

아무도 없는 빈집이에요.

소리 없는 정적이에요.

그래서 나는 기다려요.

빈집과 싸우고 소리 없는 것을 이기는 방법은 기다림밖에 없어요.

하루 중 대부분의 시간을 그렇게 나는 기다려요. 하염없이 하염없이 기다려요. 기다리고 또 기다려요.

기다리는 것은 힘이 들어요. 굽힌 무릎도 아파오고 목도 마르지만 그래도 나는 기다려요.

멀리서 아이들 오는 발소리만 들려도 반짝 생기가 나요.

가슴이 두근대요.

또 하나의 이 설레고 기쁜 순간을 위해, 하루를 바쳐서 나는 기다려요.

기다리고 기다려요.

나 목욕했어요

자스민이 끔찍하게 싫어하던 것이 목욕하는 것이었다. 특히 산에 다녀온 후 씻기려 하면 온갖 앙탈을 부리며 저항했다. 비누 거품 속에서 이를 허옇게 드러내며 막무가내로 발버둥을 쳤다. 그러나 일단 목욕을 마치고 나면 사람들에게 뛰어다니며 자랑을 했다. "아유~ 예쁘구나." 하는 소리에 길들여져 꼭 칭찬의 말을 듣고 싶어 했다.

어느 날 밤에 아내가 목욕을 시키고 났을 때도 자스민은 칭찬해줄 사람을 찾아다녔는데, 아이들은 나가고 없었고 나는 불을 끈 채 일찍 잠들어 있었다. 자스민은 발로 안방 문을 살짝 열고 들어왔다. 잠결에 사람이 들어오는 것으로 알았는데 어둠 속에서 쌕쌕거리는 소리가 들렸다. 불을 켜고 보니 고개를 쳐들고 제 몸을 보여주는 것이었다.

"아이구, 목욕했구나? 이쁘다. 이제 가봐."

그러나 자스민은 계속 그 자리에서 나를 올려다보며 움직이려 하지 않았다. 나는 다시 정색을 하고 머리를 쓰다듬으며 웃는 얼굴로 언어에 곡조를 넣어 이뻐해주었다. 그제야 자스민은 방을 나갔다.

아아, 생명체는 사랑으로 크고, 동시에 자신의 존재를 증명하고 인정받기 위해 사는구나!

그렇다. 우리는 너나없이 인정받고 싶어 하는 자아를 가지고 태어났다. 정치, 사회, 문화, 예술 할 것 없이 자신의 존재를 증명하기 위해 오늘도 그토록 뛰고 또 뛰는 것이다.

모차르트를 알아듣는다고?

　재미있는 것은 서너 해가 지나면서부터 자스민이 토종개처럼 변해 갔다는 것이다. 우선 식생활에서부터 변화가 왔다. 된장국에 말아주 는 밥을 잘 먹었고 저 먹는 양식보다 우리 가족이 주로 먹는 음식을 더 좋아하게 된 것이다.

　아침 시간, 아내가 식탁을 꾸밀 무렵이면 자스민은 방방이 뛰어다 니면서, 빨리 일어나라고, 빨리 나오라고 짖어댔다. 가족이 식탁에 모 이는 아침 식사 시간을 가장 좋아했다. 하도 분주하게 뛰어다니고 짖 어대는 바람에 누구도 침대에서 꾸물거릴 수가 없었다. 이때 안아보 면 조그만 가슴이 발딱발딱 뛰었다. 또한 우리의 식사 시간은 당연히 저의 식사 시간이기도 하다고 믿고 있음이 분명했다. 식탁의 내 발치에 앉아 식사가 끝날 때까지 떠나는 법이 없었다. 식사 후에 이어지는 티타임 때에도 그대로 자리를 지켰다. 아무리 아이들이 맛있는 걸 가지고 불러대도 좀체 움직이려 들지 않았다.

나는 식사가 시작되기 전에 그날의 음반을 하나 걸어놓곤 하는데 자스민은 그 음악이 끝날 때까지 꼼짝 않고 앉아 있곤 했다. 가끔씩 고개를 갸우뚱하기도 했다. 어떤 때는 오디오 데크 앞에서 아주 열심히 듣는 듯한 모습을 보이기도 했다.

가족들 사이에 의견이 분분했다. 아이들은 자스민이 음악을 알아듣는다, 음악이 끝날 때까지 음악을 듣느라 꼼짝 않고 있다, 우와! 천재 개다! 하고 호들갑을 떨었다. 그런데 내가 보기엔 그저 식탁의 아침 시간을 좋아하는 것 같았고, 가족이 다 모이는 그 시간 그 자리를 쉽게 떠나고 싶지 않은 것 같았다. 실험을 해보느라 연이틀 브람스와 모차르트를 틀어놨는데 브람스 때는 일어나서 갔고 모차르트 때는 끝까지 있었다. 이에 대해서도 의견이 분분했는데, 예컨대 브람스는 지루하고 모차르트는 신 나기 때문이라는 것이었다. 실소할 수밖에 없었던 것이, 그날의 모차르트는 경쾌한 곡이 아닌 무겁고 장중한 레퀴엠이었던 것이다.

늑늑이니?

사랑의 특성 중 하나가 눈멀게 하는 것이라는 말은 맞다. 별로 특출할 것도 없는 강아지 한 마리와 정이 쌓이고 시간이 흐르다 보니 아주 특별한 강아지로 인식되어버린 것이다. 그렇게 모든 사랑에는 '온리 원only one'과 '온리 유only you'의 감정이 스며들어 있는 것 같다. 비록 사람과 동물 사이의 관계였지만 우리 가족과 애완견 자스민의 관계야말로 눈먼 사랑의 관계였다.

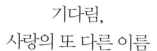

기다림,
사랑의 또 다른 이름

자스민의 놀라운 장기 중 하나는 기다림이었다. 가족 중 누구 하나라도 집에 들어오지 않으면 현관 앞에 앉아 문 쪽을 바라보며 하염없이 기다리는 것이었다.

아이들이 중학생이 되고 고등학생이 되면서 자스민의 기다림의 시간은 점점 늘어갔다. 실내의 불이 모두 꺼지고 난 늦은 밤까지도 자스민은 그렇게 현관에서 기다렸다. 늦은 밤 지쳐 돌아오는 아이들을 향해 자스민은 어둠 속에서 꼬리를 치며 반가워했고, 그때마다 아이들은 현관에 쪼그리고 앉아 감격의 해후를 했던 것이다. 강아지는 사정없이 물고 빨며 반가움을 표시했고 지쳐서 축 처져 들어온 아이들은 금세 생기를 회복했다. 아이가 가끔씩 과자 부스러기 같은 것을 가지고 제 방으로 들어가 사람에게 하듯 도란도란 이야기를 나누는 것을 들은 적이 있다.

어른이 된다는 것은 어떤 면에서 참혹한 일이다. 그것은 먼저 온갖 종류의 외로움을 견뎌내야 하는 일이기도 하다. 이별에 익숙해져야 한다는 것도 어른이 감당해야 할 몫이다. 늦은 밤 우연히 강아지와 얘기를 나누는 것을 들을 때면 장차 어떻게 헤어지려고…… 하는 생각이 스치기도 했다. 그럴 때마다 그건 그때 문제라고 밀쳐두기는 했지만 말이다.

그건 그때 문제다. 심지어 부모와도 이별하지 않는가. 그 이별의 예감을 미리 앞당겨 고민할 필요는 없을 터였다.

자스민의 기다림을 바라보면서 나는 기다림에 익숙지 않은 나를 보았다. 늘 기다림에 서툴러 조바심을 내다가 일을 그르치기 다반사였던 나로서는 강아지의 끈기 있는 기다림이 놀랍기만 했다. 밤을 새서라도 현관문을 지키며 결코 제 집으로 들어가지 않는 그 마음이.

강아지를 보면서 사랑은 기다림이로구나, 하고 느낀 적이 한두 번이 아니었다. 그렇구나, 사랑은 기다림일 뿐이구나. 오지 않는 그대를 기다리는 것뿐 아니라 그대의 실수와 잘못까지도 기다려주는 일이구

나, 깨달았던 것이다. 지나가는 말로 "저 녀석, 의견(義犬)인데. 애들이 안 오면 꼼짝 않고 기다려. 사람보다 나아." 하곤 했지만 그 점에 있어서는 정말이지 그 작은 강아지에게 배울 점이 많았다.

먹방, 자스민

자스민 일기

 아저씨 집에는 아저씨의 제자들도 많이 찾아옵니다.
몇 년씩 다니러 오는 사람들 중에 내 이름을 기억하고 불러주는 사람도 있습니다. 그럴 때 나는 그 곁에 앉아 있는 것이 참 즐겁습니다. 그러다 과일이며 과자를 얻어먹기도 합니다. 그런데 하루는 아저씨가 그 제자들 있는 데서 말하는 것이었습니다.

"얘는 대단한 먹방이야. 하루 종일 먹으려 든다니까? 얼마 전에 TV를 보니 시장바구니를 물고 장까지 봐 오는 강아지가 있던데, 얘는 그런 일은 꿈도 못 꿔. 종일 먹을 생각뿐이고, 머리도 좀 나쁜 것 같아."

모두들 까르르 웃는데 나는 너무도 놀랍고 화가 나서 아저씨 정강이를 꽉 물어뜯어버리고 싶을 정도였습니다.

차를 마시면서 아저씨는 이런 말도 했습니다.

"'만물에는 지성이 있다.' 이건 인도 출신으로 하버드 의대 교수를 지낸 디팩 초프라라는 사람의 말인데, 정말 맞는 말인 것 같아. 생명계에는 지성이 있어. 여기 있는 이 난초도 사랑의 마음으로 지극정성 돌보면 거짓말처럼 꽃을 피운다니까."

제자들이 고개를 끄덕이니까 아저씨는 신이 나서 물을 한 잔 마시면서, "갈증을 축여주는 물 한 잔도 감사하며 마시면 좋은 쪽으로 반응한다는데 확실히 그 말이 맞는 것 같아."라고 하는 것입니다.

"그러니 난초 한 그루 옆에서라도 말조심해야 할 것 같아. 다 알아듣는 수가 있어."

아저씨 말에 어이가 없어 그냥 왕왕 짖었습니다. 난초도 알아듣는 말을 나는 못 알아듣는다고요? 아저씨 때문에 화가 나서 그날은 늦게까지 잠이 오지 않았습니다.

또 다른 산

　자스민이 다섯 살 무렵부터 가끔씩 또 다른 산에 가는 일이 있었다. 사실 다 같은 관악산이었지만 지금까지의 산은 집에서 가까운 야산들이었던 데 반해 이 세 번째 산은 좀 더 멀리 떨어져 있었고, 가팔랐다. 가끔 이 산에 오를 때면 아내와 아이들이 뒤처지곤 했다. 보폭을 맞추려 해도 자꾸 거리가 생겼다. 그러면 자스민은 멀찍이 나를 따라오다가 반드시 멈춰서 아내와 아이들을 기다리곤 했다. 그들 모습이 안 보이면 멀리 나타날 때까지 요지부동 움직이지 않고 돌아보며 기다렸다. 그러다가 나를 놓쳐버리면 다시 허겁지겁 내 쪽으로 달려오고 다시 멀어져버린 아내 쪽으로 되돌아가 기다려주고를 반복했고, 그러다 보니 혀를 길게 빼고 거칠게 숨을 할딱거리곤 했다. 아내는 휘적휘적

앞서서 걸어가버리는 나보다 자스민이 자기를 더 생각한다고 기특해하곤 했지만 자스민은 서로 다른 보폭 사이를 왕래하느라 산행이 두 배는 더 힘들었을 것이다.

보폭으로 말하자면 나도 좀 할 말이 있다. 세상은 늘 빠른 보폭에 갈채를 보낸다. 빨라도 더 빨라야 한다고 외친다. 그것 가지고는 안 된다고 채찍을 후려친다. 애당초 뒤처진 쪽에는 눈길을 주지 않는다. 패자부활전 같은 것도 없다. 하지만 자스민은 그 가파르고 힘든 산행 길에서 늘 연약한 쪽을 돌아보고 기다려주었다. 그들이 산에서 길을 잃지 않을까 노심초사하면서.

지나친 비약이라고? 아니다. 함께 산행을 하면서 나는 자스민이 얼마나 노심초사 전전긍긍하는지를 알아차리게 되었다. 장애물이 있거나 경사가 심한 쪽에서는 반드시 아내나 아이들이 넘어오는 것을 보고 나서 움직였다. 이런 경우에 자스민은 맨 뒤에 처져 따라왔다.

우리 사회는 날로 치열한 경쟁사회, 속도사회로 치닫고 있다. 이 대오에서 뒤떨어진 꽃 같은 목숨들이 낙엽처럼 떨어지건 말건 "속도는 아름답다"며 예찬한다. 살아가면서 인생에는 여러 개의 산이 가로놓인다는 것을 알게 되었다. 이제 막 넘었는가 싶은데 구름 속에서 또 다른 산이 나타난다. 이번 것은 지난번 것보다 더 험준하고 가팔라 보인다. 그런 산일수록 동행이 필요하다. 멈춰 서서 기다리고 손을 잡아줄 사람이 필요하다. 도란도란 함께 갈 동행이 필요하다. 작은 애완견 자스민이 내게 그것을 가르쳐주었다.

함께 가세요. 혼자서만 그렇게 휘적휘적 가지 마세요. 주인님도 어느 날 삶의 내리막에 접어들면, 석양 저편으로 걸어가게 되면, 뒤처지게 된답니다. 그때는 주인님을 기다려줄 사람이 필요한 때랍니다. 손을 잡아줄 사람이 필요한 때랍니다. 그러니 천천히 가세요. 조금씩, 답답하더라도 가장 느린 이에게 그 발걸음을 맞춰주세요.

산길에서 어린 강아지 자스민은 내게 그렇게 말하고 있었다.

꼬리 물기

자스민 일기

사람들이 모두 다 나가버린 텅 빈 집에 있는 것이 나는 너무 싫어요.

누군가가 사다준 작은 곰 인형은 금방 더러워지고 털이 뽑혀 나가 볼썽사나워져버렸어요. 그래서 나는 뱅뱅 돌며 꼬리 물기를 해요. 내 몸을 동그랗게 만들어 닿을락 말락 하는 꼬리를 물기 위해 뱅뱅 도는데 정말 재미있어요.

너무 많이 하면 좀 어지러운 것이 흠이고 가끔씩 사람들이 쳐다보며 킥킥대서 속상하지만 그래도 꼬리 물기는 내가 외로움을 이기는 아주 좋은 방법이랍니다.

차우차우는 무섭지 않아,
검은 비닐은 무서워

나는 가끔 남한강변 팔당 근처에 있는 작은 한옥 함양당(含陽堂)에 가곤 한다. 집 앞으로는 남한강 물길이 햇빛에 반짝이고 뒷마당에는 수백 년 된 아름드리 은행나무가 있는, 작지만 아름다운 나무집이다. 창호를 통해 들어오는 햇빛으로 방 안까지 환한 이 정갈한 목조 주택에서 책을 읽거나 음악을 듣는 것을 나는 참 좋아한다.

지는 꽃잎도 반달이 한지 위로 하늘하늘 비칠 듯한 투명한 그 집에 자스민을 몇 번 데리고 간 적이 있다. 자스민은 그 마당 있는 집을 참 좋아했다. 아직 남아 있는 피우다 만 장작, 꽃나무, 부엌세간에 이르기까지 온통 냄새를 맡고 다녔다. 자스민에게는 모든 것이 신기했으리라. 푸드득 날아가는 새와 하늘하늘 떠가는 나비를 보고도 쫓아다니며 왕왕 짖어댔다.

하지만 나는 강아지가 사립 밖으로는 절대 나가지 못하도록 주의를 기울였다. 당시 그 동네에는 '차우차우'라는 무법자가 살고 있었기 때문이다. 그 조상을 중국의 황실에서 키웠다는 이 검은 털의 몸집 큰 개는 동네 애완견을 여럿 물어 죽인 전력이 있었다. 거의 맹수급이어서 통제가 잘 안 될 정도라는 소문이 있었던 것이다(하지만 주인에게만은 충성을 다한다 해서 이 개를 좋아하는 사람들도 많다고 한다).

그런데 어느 날, 자스민은 나와 산책을 나섰다가 건너편에서 경중 경중 뛰어오는 검은 차우차우를 만나게 되었다. 평소에 자스민은 목줄 같은 것을 하고 있지 않았기에 큰일 났다 싶었다. 게다가 자스민은 저보다 서른 배쯤은 더 커 보이는 이 검은 개를 보자 먼저 쾅쾅 짖어댔다. 그야말로 하룻강아지 범 무서운 줄 모르는 꼴이었다.

나는 당황하여 "자스민!" 하고 말렸지만 자스민은 짖기를 멈추지 않았다. 허연 이빨까지 내보이며 제법 맹렬하게 짖어댔다. 다가오던 차우차우는 그 자리에서, '이건 또 뭐야?' 하는 눈으로 자스민을 멀뚱하게 바라보고 있었다. 바로 그때였다. 급기야 일이 터지고 말았다. 자스민이 허연 이빨을 드러내며 차우차우를 향해 돌진한 것이었다!

하얗게 된 머릿속으로 몇 가지 생각이 놀랍도록 빠르게 지나갔다. 자스민은 차우차우에게 목덜미를 물려 죽겠구나, 하는 생각과 함께 아빠 때문에 자스민이 죽었다며 울고불고할 두 아들과 눈물 바람으로 나를 흘겨볼 아내 생각에 아득해졌다. 그런데, 눈앞에서 믿기 힘든 일이 벌어졌다. 주저 없이 차우차우를 향해 자스민이 몸을 던진 그 순간에 차우차우가 오던 길로 도망을 친 것이다!

그야말로 다윗과 골리앗의 광경이었다. 그 몸집 큰 검은 개가 숫제 지축을 울릴 듯 뛰어가고 자스민은 그 뒤를 엎어질 듯 뒤쫓아 갔다. 자스민은 얼마쯤 그렇게 쫓다가 뒤돌아 숨을 할딱이며 내게로 왔다. 나를 올려다보며 쓰다듬어달라는 눈짓을 보내왔지만 나는 어이가 없어 그 작은 강아지를 물끄러미 내려다보기만 했다.

자스민은 원래 겁이 많은 강아지였다. 바스락 소리만 나도 화들짝 놀라기를 잘했는데 그중에서도 자스민이 가장 무서워하는 것은 바람에 날리는 검은 비닐이었다. 우리가 살던 아파트 뒷마당을 산책할 때에 저만큼 떨어져 혼자 놀다가 검은 비닐이 바람에 스르르 미끄러져 오거나 공중에 떠오를 때면 기겁을 하며 내게로 도망쳐 왔던 것이다. 그랬기에 그날 일은 이변 중의 이변이었다(나중에 그 동네에서 두 번째로 차우차우를 만났을 때 또 다른 재미있는 광경이 연출되었다. 자스민은 더 이상 짖지 않았을뿐더러 꼬리를 흔들었고, 차우차우도 작은 강아지의 냄새를 맡으며 친밀감을 표시했다).

겁 많은 자스민이 차우차우를 향해 맹렬히 짖으며 주저 없이 돌진할 수 있었던 것은 아마도 제 곁에 내가 있다는 사실 때문이었을 것이다. 내 곁에 주인이 있다. 때문에 겁날 것이 없다, 하고 생각해서가 아니었을까. 실제로 평소 나와 함께 있을 때면 자스민은 어떤 상황에서도 늘 용감했다. 뒤로 물러나는 법이 없었다. 이 사실은 자주 어떤 기억을 불러일으켰다.

어렸을 적에 나는 교회 주일학교에 다녔다. 어머니는 내게, 하나님이 너를 지켜주시니 두려워할 것도 걱정할 것도 없다, 귀에 못이 박이도록 말씀하셨다. 그리고 실제로 당신이 모범을 보이셨다. 내가 초등학교 5학년 때 아버지가 돌아가셨는데 그 후 40년 가까운 세월 동안 어머니는 참으로 의연하셨다. 거의 늘 혼자 성경을 읽거나 마당의 채마밭에서 시간을 보내셨을 뿐인데도 힘들다거나 외롭다거나 아프다거나, 어쨌든 당신에 대한 약한 언어 표현을 거의 하지 않으셨다. 어느 봄날인가에는 창밖을 물끄러미 보시다가 혼잣말처럼 "오늘 같은 날 가면 좋겠는데……" 하셨다. 그때 나는 그 말씀이 돌아올 수 없는 당신만의 긴 여행에 대한 것임을 알았기에 어디를 가시느냐고 묻지 않았다. 생전에 내가 전화를 걸어 "어떠세요?" 하고 물을 때마다 "하나님 계시는데 뭘." 하시면 그뿐이었다. 뿐만 아니라 내게 어려운 일이 생길 때도, "하나님께 기도해라." 하시면 그뿐이었다. 흡사 돈 많고 권력 많은 큰아버지나 외삼촌에게 전화드려보라는 식으로 태연자약하셨다. 하나님은 내 어머니에게 언제나 실존(實存)이었다.

그러나 나는 그렇지 못했다. 걱정 많고 겁 많은 아이였다. 하나님을 믿는다 하면서도 어머니처럼 되지 못했다. 나는 왜 안 되는 걸까, 왜 나는 이처럼 생각이 많고 믿음이 허약한 걸까, 자탄하기가 한두 번이 아니었다. 물론 그래봐야 내 믿음은 언제나 간장 종지 하나의 분량에 불과했다. 그것이 내게는 평생의 콤플렉스였다.

하나님은 당신의 백성들을 향해 성경에서 두려워하지 말라고 삼백예순다섯 번을 말씀하셨다 한다. 직접 세어보진 않았지만 그 횟수가 맞다면 거의 매일 두려움에 대해 주의를 환기시키신 것이다. 이 말은 우리가 사실 매일같이 두려움 앞에 서 있다는 반증도 될 것이다.

그렇다. 우리는 매일이다시피 두려움과 만난다. 어떤 때는 실체가 있고 어떤 때는 소문과 그림자에 불과할 뿐이지만 두려움의 검은 구름은 조그맣게 피어올랐다가 삽시간에 시커멓게 우리 존재를 휩싸고 만다. 그리하여 급기야 우리는 이 두려움에 먹히고 마는 것이다. 하늘에 계신 분은 이런 인생이 딱하여 두려워 말라고, 제발 두려워 말라고 애원하셨을 뿐 아니라 종내는 두려워하는 자들에 대해 노(怒)를 발하셨던 것이다. 두려움은 곧 불신일 수 있기 때문에.

그런 면에서 자스민의 나에 대한 믿음은 참으로 견고했다. 주인이 내 곁에 있다. 그러니 나는 아무것도 무서울 게 없다. 겁날 것도 없다. 네가 차우차우냐? 나는 자스민이다. 그렇게 돌진했던 것이다.

아버지,
다시 부르고 싶은 이름

내 아버지는 내가 초등학교 다닐 때에 세상을 떠나셨다. 그이는 작고하기 몇 달 전부터 나를 자주 불러 당신 곁에 머물게 하셨다.

"오늘 학교에서 뭘 배웠느냐."

"이 책을 좀 읽어주렴."

곁에서 내가 큰 목소리로 책을 읽으면, "참 잘도 읽는다."라거나 "좀 천천히 읽어라." 하시곤 했다. 그러던 아버지가 어느 날 저녁 벽에 기대어 작은 소리로 내게 물었다.

"오늘 밤에도 나갈 테냐?"

그 시절 어린 나는 밤마다 쏘다니길 잘했다. "응." 하고 대답했더니, "오늘 밤엔 나가지 마라." 하셨다. 숨이 몹시 가빠 보였다.

"싫어." 했더니 아버지는 조용히 눈을 감으면서 "그래 그럼……." 하시고는 더 말씀이 없으셨다. 감은 눈 아래로 마른 볼을 타고 눈물이 흘러내렸다.

그 새벽에 아버지는 떠나갔다.

이틀 후 꽃상여의 뒤를 따르며 자꾸만 흘러내리는 삼베옷을 추슬렀던 기억이 난다. 공중에 둥둥 떠 있는 것 같던 상여 꽃들이 푸른 보리밭 위로 멀어지기까지 상두꾼은 요령을 흔들면서, "어이 가리 어이 가리……" 하며 구슬픈 소리를 내었다. 그때 나는 어렴풋이, 죽음이란 '어디론가 가는 것'이라고 느끼고 있었다.

어디로 가는 것일까. 대체 어디로 가는 것일까.

아버지가 떠나고 나서는 아버지를 부를 일도 함께 사라져버렸다. 아버지를 다시 부르지 못한 채 어른이 되었고, 두 아이의 아버지가 되었다. 하지만 지금도 가끔씩 되뇌어본다. "아버지……"라고.

부르지 못한 이름이기에 더 사무치는 것이리라. 후견인으로 저만치 뒤에 서 있는 아버지. 그 존재의 부재 이후 나는 새롭게 부르는 이름을 마음속에 지니게 되었다. '하나님 아버지'가 그 이름이었다. 죽음이 엄습하거나 노략질할 수 없는, 영원히 내 뒤에 서 계신 아버지다.

사랑일까요?

자스민 일기

 가끔씩 아저씨를 따라 동네 산책길이나 약수터에 갑니다.

가는 길에 씩씩하고 늠름하고 잘생긴 개를 볼 때에 좀처럼 경험해 보지 못한 이상한 느낌 속으로 빠지는 경우가 있습니다.

내가 발을 멈추고 바라보면 수캐도 한사코 뒤를 돌아보며 가려 하지 않습니다. 그렇게 나를 바라보면 금방 온몸이 간질간질해오는 것 같기도 하고 저릿한 느낌 같은 것으로 휩싸이기도 합니다.

하지만 이럴 땐 아저씨가 목줄을 확 낚아챕니다. "어? 요 녀석 봐라?" 하거나, "이런, 싸가지 없이." 하면서 나를 나무랍니다.

나는 왜 야단을 맞아야 하는지 모른 채 터벅터벅 아저씨를 따라 걸으며 혼자 생각해봅니다. 아까 갑자기 찾아온 그 느낌에 대해서요.

아저씨네 가족들과 있을 때와는 확실히 다른, 설명할 수 없는 그 느낌. 그건…… 사랑일까요?

사랑과 존재

자스민은 암컷이었다. 16년 세월을 처녀로 보내긴 했지만 성의 정체성만은 확실했다. 여러 날 동안 외국 출장 같은 것을 다녀오면 현관에서 반가워하다못해 오줌을 지렸고, 적어도 한나절이나 하룻밤 동안절대로 내 곁을 떠나려 하지 않았다. 오죽하면 아내가 "작은 마누라"라고 놀려댔겠는가.

가끔 엉뚱한 데 오줌을 싸놓아 야단을 치면 납죽 엎드려 식탁 밑이나 구석으로 기어들어 눈동자만 굴리다가, 이쪽이 화가 풀렸다 싶으면 금방 꼬리를 흔들며 낮은 보폭으로 다가와 무릎에 안기곤 했다. 반대로 마루에 엎지른 물을 오줌으로 착각하고 야단을 치려 들면 끝까지 앙칼지게 짖어대며 항변을 했다. 그런 때에도 항변의 짖기가 끝나면 다시 꼬리를 흔들며 다가와 안겼다. 성깔은 까칠해도 애교와 아양이 보통이 아니었는데, 특히 나와 두 아들에게 그랬다. 하지만 시치미를 떼고 앉아 있을 때에는 아무리 불러도 고개를 돌리지 않을뿐더러 거실 앉은뱅이 탁자에 있는 음식은 아무리 먹고 싶어도 절대로 코를 들이대는 법이 없었다. 그 점에서는 참으로 깔끔한 숙녀, 차도녀, 아니, 차도견이었다.

질투도 이만저만이 아니었다. 제가 좋아하는 목동 이모였지만 그 목동 이모가 자기 애완견과 함께 놀러 올 때면 사정이 달랐다. 그 하얀 푸들 강아지가 그이의 무릎에 안겨 있는 꼴을 보지 못했다. 어떻게든 짖어 쫓아내고 제가 그 무릎에 안기고 마는 것이었다.

사랑에 관한 한 자스민은 결코 양보가 없었다. 까칠하고 깔끔하고 그러면서도 애교 많고 아양 많던 자스민. 그런 자스민이 이성 친구 하나 없이 결국 평생을 독신으로 보냈다는 것은 참 안된 일이다. 어쨌든 자스민은 내게 여성의 젠더와 사랑의 함수 관계에 대해 학습시켜 주었다. 사랑에 관한 한 남녀를 나눌 수 없겠지만 학습에 따르면 여성과 사랑은 그야말로 불가분의 관계였다. 다른 모든 조건이 충족되어도 사랑의 절대량이 부족하면 여성성은 시들고 만다는 것을 배웠다.

자스민을 키우면서 가장 많이 떠올린 것 역시 '사랑'이었다. 사랑, 그 작은 강아지는 끝없이 사랑에 대해 일깨워주었다. 나무와 꽃이 물과 햇빛으로 자라듯이 생명체는 사랑으로 살아가는 그 무엇임을 강아지가 내게 일깨워주었다. 실로 사랑은 존재 그 자체였던 것이다. 그런 면에서 나는 사랑의 지진아였다. 성경은 "서로 사랑하라"고 했건만 나는 나를 사랑하는 법도 잘 모르고 있었으니 말이다.

날아라 풍선

자스민이 가장 좋아하는 놀이는 푸른 풀밭 위로 두둥실 날아오르는 풍선 놀이었다. 파란 하늘을 배경으로 가라앉고 떠오르기를 반복하는 풍선을 왕왕 짖으며 쫓아다니는 놀이.

초록색과 파란색이 생명의 색이고 기쁨의 색이라는 것을, 떠오르는 풍선을 쫓아가는 자스민을 보며 알게 되었다.

무서워라 예방주사

이 강아지가 가장 싫어하는 색은 새하얀 색이었다. 수의사와 간호사가 입는 하얀 가운의 색.

병치레 한 번 없이 차돌처럼 뛰어다니며 캉캉 짖기를 잘하던 자스민은 딱 두 번 예방주사를 맞은 적이 있다. 두 번뿐이었는데도 자스민은 하얀색 옷을 무서워했다. 심지어 하얀 옷을 입고 집에 찾아오는 사람에게까지 경계심과 적대감을 보일 정도였다.

'하얀색' 하면 그 무서운 주삿바늘이 떠오르면서 '이크, 뛰자!' 하는 생각이 드는 것 같았다.

엄마가 떠났다,
아이가 운다

　자스민이 우리 집에 온 지 10년이 지났다.

　나의 10년. 바람같이 물같이 지나갔다면 너무 시적으로 고운 표현
이고, 질풍노도같이 지나갔다면 인생을 그만큼 치열하게 살았다는 표
현이 될 것 같지만 그도 아닌 것 같았다. 그렇다고 젖은 짚단 태우듯
보냈다면 그 또한 세월에 대한 모독이 될 것 같았다. 어쨌든 10년이
흘러갔다. 대체로 후회와 갈망과 연민, 그리고 상념과 한숨으로, 가끔
은 반짝이는 기쁨과 환한 웃음으로 그렇게 흘러갔던 것 같다.

　아이들은 훌쩍 커서 우선 현관의 신발 풍경들이 달라져버렸다. 티
셔츠 같은 것을 함께 입었는데 어느새 나의 작은 치수 때문에 아이들
의 셔츠는 엄두도 못 내게 되어버렸다.

그사이에 어머니가 돌아가셨다. 내게는 하늘 같은 분이었다. 어렸을 적부터 나는 새벽에 웅얼거리는 그분의 기도 속에서 자라왔기 때문에 어머니가 떠나시자 곧 거대한 기도의 줄 하나가 툭 끊어져버린 느낌이었다.

　나는 어머니가 한 250년쯤 사실 줄 알았다.

　돌아보면 어린 시절 이후 어머니는 늘 저만큼에서 날 보곤 하셨다. 혼자서 어린 자식들을 먹이고 입히며 수많은 날을 지나오면서도 외롭거나 힘들다는 푸념 한 번 안 한 대찬 분이었다. 자식들에게 결코 약한 모습을 보인 적이 없었다. 그 어머니가 딱 한 번 내게 전화를 해서 얼굴을 볼 수 없겠느냐고, 머뭇거리다가 말씀하신 적이 있다. 원고를 쓰다 말고 전화를 받은 나는 별일이다 싶었다. "바빠서 안 돼, 엄마. 다음에 갈게요." 하고 전화를 끊었고 그로부터 한 달 후쯤 어머니는 떠나가셨다. 아버지와 어머니의 "함께 있어달라"는 그 마지막 부탁을, 나는 두 번 다 들어드리지 못한 것이다.

　어린 시절 웅얼웅얼 들려오는 새벽녘 어머니의 기도는 거의 대부분이 나에 대한 내용으로 채워져 있어 어린 소견에도 '이건 좀 지나친데…… 형과 누나들이 알면 섭섭해하겠는데……' 싶을 정도였는데,

지상에서 그런 어머니의 기도가 더 이상 들려오지 않을 것이라는 생각에 갑자기 세상이 두렵게 다가왔다. 면책의 출구 같은 것이 막혀버렸다는 생각이 들었다. 그러고 보면 인간이란 얼마나 이기적인지. 마흔이 넘어 어머니의 영정 앞에서 흐느껴 우는 나를 보고 사람들은 특별한 효자여서 그런가 보다 생각했을지 모르지만, 내가 겪은 상실의 고통이 그만큼 컸기 때문이라는 편이 맞을 것이다.

어머니를 떠나보내면서 다시금 소스라치게 놀란 기억이 있다. 내 안의 열세 살 소년을 느꼈을 때다. 까맣게 잊고 지냈던 외롭고 슬프고 막막한 소년. 홀로 웅크리고 앉아 있는 그 소년이 그토록 오랜 세월 동안 내 안에 그 모습 그대로 있으리라고는 미처 예상하지 못했다.

어머니의 시신을 교회 묘원에 묻고 산자락에 앉아 멀리 떠가는 흰 구름을 바라보면서, 나는 다시금 시간 앞에 서 있는 무력한 존재로서의 생명에 대해 생각해보았다.

무표정하고 무뚝뚝할뿐더러 무자비한 '시간'. 평소에는 그 존재성을 그림자 하나로도 드러내지 않다가 어느 날 갑자기 찾아와 생명의 부채를 계산하고자 드는 야속한 존재. 그 시간 앞에서 우리는 너무도 약한, 바람에 날리는 꽃잎 같은 존재라는 생각에 하염없이 슬퍼졌다.

모든 의지도, 의욕도, 열정도, 소망도, 이 '시간' 앞에서는 무의미한 것일 뿐이다. 연약한 생명들 사이에 가느다랗게 이어지던 인연과 사랑의 줄을, 무자비한 시간은 어느 날 툭툭 잘라놓고 사라져버린다.

그날 그 언덕에 앉아 생각해보니 그때까지 내가 작은 무엇이나마 이룰 수 있었다면 그 팔 할은 어머니의 공이었다는 생각이 들었다. 아버지는 어차피 나를 지켜주지 못하고 나 어릴 적에 서둘러 죽음의 길로 떠나버렸기 때문에 좋은 일을 만날 때마다 달려와 알릴 사람은 어머니밖에 없었다. 어찌 보면 어른이 될 때까지 내가 하는 일이라는 것은 어머니의 칭찬을 들으려는 것에 동기 유발이 되었던 것이다. 서른이 넘고 마흔이 넘어도 작은 일이라도 좋은 일이 생기면 나는 아내와 '엄마', 두 여인에게 거의 동시에 전화를 걸곤 했다.

그럴 때마다 어머니는 나의 초등학교 시절 그대로 깜짝 반가워하며 기뻐해주었다. 그 순수하고 무욕한 기쁨, 들뜬 목소리, 손에 잡힐 듯 환한 얼굴이 사라져버린 것이다. 두 생명 사이에 연결된 동아줄보다도 더 견고할 것 같은 인연의 줄을 '시간'은 거대한 가위로 그렇게 툭 잘라버리고 간 것이다. 그때 문득 앞으로 겪거나 다가올 상실들에 진저리를 쳤던 것 같다.

그 10년 동안 사람도 풍경도 변했지만 놀랍게도 변하지 않은 것이 하나 있었다. 자스민이었다. 우선 그 모습이 거의 변하지 않았고 무엇보다 10년 동안 거의 병원에 간 적이 없을 만큼 언제나 왕왕 짖어대며 원기 왕성했다. 늘 그 모습 그대로였던 자스민 덕에 어쩌면 우리도 세월을 거의 잊고 산 것이 아니었을까.

사랑의 또 다른 이름,
함께 있음

어머니와 아버지는 생명의 마지막 시간에 이르러 내게 함께 있어달라고 했다.

신의 아들이자 그 자신이 신이었던 예수께서도 처형되기 전날 밤에 제자들에게 함께 있어달라고 부탁했다.

함께 있음. 이것이야말로 생명 있는 것들이 서로를 지탱할 수 있는 마지막 무기다. 막강한 시간에 대항할 수 있는 힘이다.

그러나 우리는 나날이 함께 있음에 대해 가소로워한다. 일 년에 가족과 저녁 식사를 함께한 날이 나흘이라는 대기업 CEO의 말에 열광한다. 떠나라. 그래야 성장하고 그래야 성공한다, 그렇게 부추긴다.

그러나 생명은 함께 있어야 한다. 시간은 덧없이 가고 결국엔 그 함께 있음만이 기억되기 때문이다. 우리 가족이 작은 애완견 한 마리를 그토록 추억하는 것도 그 생명체와 함께한 시간을 지니고 있기 때문일 것이다.

10년간 자스민은 언제나 반갑다고 왕왕 짖어대고, 이리저리 뛰어다니고, 때로는 미운 짓을 저질러놓은 채 꼬리를 바짝 내리고 낮은 보폭으로 탁자 밑에 숨어들고, 바람을 가르듯 풀밭을 가르고, 가쁜 숨을 몰아쉬며 가끔은 가파른 산에도 가고…… 한결같은 모습이었다. 생기 덩어리처럼, 이 강아지는 지치는 법 없이 항상 씩씩했다. 한 제자네 집 애완견은 3년이 지나면서부터 병원 신세가 잦아 가끔씩 만나면 강아지 안부부터 묻곤 했는데 자스민은 그야말로 놀라울 정도로 생기 충만했다. 그리고 무엇보다 살아 있는 동안 늘 우리와 함께 있었다.

자스민에게 고마운 것 중 하나는 바로 이것이었다. 세월과 함께 깊어갈 상실감 같은 것을 가져볼 새도 없이 늘 똑같은 모습을 하고 늘 함께 있어주었다는 것.

그렇다. 사랑은 함께 있음이다.

아줌마, 고마워요

자스민 일기

 김 교수 아저씨네 집에 온 지 10년이 되었어요.

10년이 뭔지 잘은 모르겠는데(과자 이름은 아닌 것 같아요), 어느 날 밤 가족들이 10년이 되었다고 작은 빵 위에 더 작은 촛불을 켜놓고 노래를 불러주었습니다.

그런데 생각해보니 10년 동안 정말 고마웠던 분이 한 분 있어요. 바로 아줌마예요.

나와 젤 많이 싸우고 까칠한 아줌마지만 언제나 나를 목욕시켜주고 맛있는 간식을 만들어주셨어요. 날 목욕시키는 것은 정말 힘든 일인데 그 힘든 일을 아줌마가 늘 맡아 했답니다.

내가 조금만 지저분해지면 아저씨는 미간을 찡그리며 "얘, 너 좀

씻고 와라." 하셨고, 두 아이들도 "엄마, 애 냄새나." 하고 도망치기 일쑤였는데 말이에요.

세 사람은 주로 내가 목욕을 하고 반짝반짝할 때만 예뻐하지만 내가 더러울 때 씻어주고 말려주는 사람은 아줌마밖에 없답니다. 그걸 생각하니 아줌마한테 정말 고마워요.

앞으론 날 야단칠 때에도 아줌마를 보고 캉캉 짖으며 덤비거나 미워하지 않을 생각입니다.

다시 5년, 그리고…

바람같이, 물같이 다시 5년이 흘러갔다. 자스민은 여전히 내 발치에 있었다. 식탁과 서재와 거실에서 늘 내 발치께에 머물러 있었다. 낮 동안에 나를 볼 수 없다는 사실 때문에 밤이면 더더욱 내 곁을 떠나려 하지 않은 것 같다. 그만큼 나를 좋아하기 때문이라는 것은 내 생각이고, 가족들은 내가 뭔가 먹을 것을 주기 때문이라는 것이었다.

늦은 밤 와인을 한 잔 마시며 조용히 음악을 들을 때면 어김없이 자스민이 발치에 와 있곤 했는데 아닌 게 아니라 치즈며 땅콩 같은 것을 내게 얻어먹을 수 있기 때문인 것도 같았다. 아니, 거의 그 이유 때문이었을 것이다. 아내는 애완견에게 짠 음식을 주면 안 된다며 치즈를 주지 말라고 했지만 내가 치즈통을 꺼내기만 해도 자스민은 졸졸 따라다니며 달라고 성가시게 굴었다. 가끔은 그러다가 내 발치에서 잠이 들기도 했다.

참, 그러고 보니 자스민은 잠자는 시간이 길어진 대신 생기발랄한 모습은 서서히 줄어들기 시작했다. 다시 5년, 그러니까 우리 집에 온 지 15년이 지나면서부터 자스민에게 현저히 다른 모습들이 나타났다. 우선 윤기 자르르하던 털이 푸석해지면서 눈에 띄게 줄어들었다. 눈 밑에도 주름이 졌고, 무엇보다 움직임이 줄어들었다. 나와 함께 뒷마당을 뛸 때도 바람을 가르며 저만큼 앞서 가는 모습을 더 이상 보여주지 못했다. 마지못해 잠시 뛰다가 그 자리에 멈춰버리곤 했다.

늘 저만치 앞서 달려간 후 멈춰 서서 돌아보며 어서 오라고 캉캉 짖어대던 모습 같은 것은 좀체 다시 보기 어려웠다. 초롱초롱 반짝이던 눈의 생기도 풀려가기 시작했고, 아침 일찍 일어나 방마다 다니며 기척을 해대던 모습 같은 것도 사라져버렸다. 가족들이 다 일어나도 제 집에서 나오지 않은 채 눈동자만 굴려 알은체를 하는 날이 많아졌다. 밤에 잠을 잘 땐 코를 골기도 하고 사람처럼 잠꼬대 같은 것을 하기도 했다. 무엇보다 자주, 그리고 오래 잠에 빠져 있었다.

그 5년 사이에 첫째 아이는 대학생이 되고 군인이 되었다. 첫째가 제대할 무렵 둘째도 연이어 대학에 입학했고, 일 년 후에는 그 애도 군대에 갔다. 아이들이 크는 것은 마치 나무가 자라는 것 같았다. 자고 나면 그 키가 쑥 커져 있는 느낌이었다. 첫째가 그러했듯이 입대하던 날 아침 둘째는 아내와 내게 큰절을 하고 현관문을 나섰다. 유난히 어리게만 생각했던 아이였다. 아내는 눈물 바람을 하며 자스민을 안고 마당까지 나갔다.

"자스민, 잘 있어."

둘째는 강아지의 이마에 뽀뽀를 해주었다. 자스민은 아내 품을 빠져나가 둘째에게 가려고 안간힘을 썼지만 아들은 벌써 저만큼 멀어지고 있었다. 아파트 정문께에서 둘째는 손을 흔들었고 자스민은 다시 빠져나가려고 몸부림을 쳤는데, 둘째가 시야에서 사라지고 나서야 잠잠해졌다.

"이제 우리는 푹 자도 되겠어. 쟤가 나라를 지켜준대."

내가 썰렁한 농담처럼 말했지만 아내의 눈에서 물기는 사라지지 않았다. 자스민은 멀어지는 아이의 뒷모습을 향해 구슬프게 울어댔다.

둘째와 자스민은 그날이 마지막이었다. 둘째가 군대에 있는 동안 자스민이 우리 곁을 떠났기 때문이다.

우리들의
가득찬
행복한 시간

잠자는 자스민

자스민은 최소한만 움직이고 잠자는 시간이 많아졌다. 매일 나와 즐기던 아침 산책 시간에도 좀체 잠에서 깨어나지 못했다.

"인마, 이리 좀 나와. 이 녀석, 게을러져서 큰일이네."

내가 손짓을 하다못해 야단을 칠 때에야 자스민은 부스스 일어나 걸어 나왔다.

"자, 뛰자." 하고 달리기를 시도해도 시늉만 하다가는 멈춰버리기 일쑤였다. 바야흐로 자스민은 노견(老犬)이 되어 있었다. 정이 많은 큰아이는 바쁜 시간을 쪼개 자스민을 데리고 산책을 가고 먹을 것을 사다주고 목욕을 시켜주곤 했다. 둘째의 빈자리를 충실히 채워주고 있었다.

"사랑이 떠나가서 쇠약해졌나 봐."

자스민이 가장 좋아하던 둘째 아이가 입대한 이후부터 부쩍 쇠약해진 것을 빗대어 아내와 그렇게 농담을 하곤 했다.

어느 날 아침에 산책을 하는데 문득, 자스민은 얼마나 살 수 있을까, 하는 생각이 들었다. 이 생명체가 우리 가족과 함께할 날수를 어림으로 계산해보았다. 그리 많은 날들이 남아 있지 않다는 생각과 함께 어쩌면 곧 닥쳐올지 모를 이별에 대한 예감 같은 것이 스쳐 갔다. 나는 강아지 곁에 쪼그리고 앉아 물었다.

"자스민, 나 정년퇴직할 때까지 함께 있을 수 있겠니?"

무리한 욕심이었다. 내가 대학에서 퇴직하는 해는 2018년이었고 그러자면 다시 10여 년 가까운 세월을 보내야 했기 때문이다. 하지만 나는 다시 물었다.

"퇴직기념식 날 학교에 올 거지? 옛날에 뛰놀던 그 잔디밭에도 갈 건데, 너, 올 거지?"

자스민은 내 말을 알아듣는지 못 알아듣는지 먼 곳을 바라보고 있었다. 문득 보니 눈이 짓물러간다는 느낌이 들었다. 물기 같은 것이 어려 있었고, 까맣게 반짝이던 그 옛날의 초롱한 눈이 아니었다.

다음 날에도 그다음 날에도 나는 아침 산책 때에 자스민에게 다짐을 받으려 했다.

"너, 그날 퇴직기념식에 올 거지? 꼭 와야 해. 그러려면 인마, 쇠약해지면 안 돼."

다시금, 너는 왜 강아지로 태어나고 나는 왜 사람으로 태어났을까, 생명 지음은 같거늘 너와 나의 가는 길은 왜 이다지도 다른 것인가, 상념에 잠기기도 했다.

자스민이 열여섯 살 되던 해의 가을은 유난히 일에 쫓겨 지냈다. 학교 일 말고도 연거푸 이어지는 전시와 원고 쓰는 일 등으로 그야말로 눈코 뜰 새 없이 분주한 나날이 이어졌다. 늦게까지 일을 하고 들어와 다시 원고를 끄적거리거나 책을 읽고 나면 야심해지기 일쑤였다. 이때 차디찬 와인을 꺼내 한잔하는 것이 소소한 즐거움이었다. 평소 술을 못해 맥주 한 잔만 해도 얼굴이 벌겋게 되는데도 늦은 밤 반 잔 정도의 찬 와인은 내 작은 즐거움이었고, 하루치의 피로를 쓰윽 몰아내주는 느낌이었다.

밤의 레드와인 한 잔

평소 즐기던 음반을 걸어놓고 고요한 중에 레드와인의 고혹적인 선홍빛을 바라보고 있노라면 생의 탐미적인 그 어떤 느낌 속으로 빨려들어가는 듯했다. 가끔 여행을 할 때마다 오래된 카페에서 와인 잔을 앞에 두고 이야기하는 사람들을 볼 때면 삶의 옥타브가 하나쯤 올라가는 듯 보이기도 했다. 젊은 연인들은 맥주를 즐기지만, 중년의 고개를 넘어서서 노년에 접어드는 이들이 와인 잔을 마주하고 있는 모습을 보노라면 그 빛깔 속에 인생의 이야기들이 녹아 있는 느낌을 받곤했던 것이다.

그러고 보면 나는 분위기를 마시고 색에 취해 늦은 밤 반 잔의 와인을 즐기는 것 같았다. 술을 못하는 내가 즐기는 것이어서 아내는 와인에 구색을 맞추어 정성을 다해 가벼운 먹거리를 준비해두곤 했는데 치즈와 올리브가 그것이었다. 해외여행을 갈 때면 맛과 향이 좋은 치즈를 찾아 사 왔고 북아프리카산 올리브는 어느 갤러리의 주인이 대주어 두 가지의 안주 아닌 안주를 즐기게 되었다. 늦은 밤 내가 달그락거리며 와인 잔을 챙기거나 치즈를 꺼내면 자스민은 얼른 내 발치께에 앉아 자리를 잡곤 했다. 조금씩 떼어 주는 치즈를 맛있게 먹었던 것이다.

그런데 그날 밤에는 치즈고 올리브고 동이 나고 없었다. 난감했다. 잠든 아내를 깨울 수도 없어 여기저기 뒤졌건만, 와인 안주 삼을 만한 것은 눈에 띄지 않았다. 할 수 없이 평소 잘 먹지 않던 깡통 스팸을 구워 식탁에 놓았다. 강한 냄새가 진동해 미간이 찌푸려질 정도였다. 낮게 깔리는 와인 향은 기름 냄새에 사라져버리고 없었다. 와인 한 모금을 마시고 그 짜디짠 스팸 한 조각을 입에 넣는데 여느 때처럼 자스민이 내 발등을 살살 긁어댔다. 저도 달라는 것이었다. 치즈 아닌 스팸을 조금 주니 금방 먹어치우고 더 달랬다. 다시 조금 떼어 주니 금방 먹고 또 발등을 긁었다. "안 돼!" 했지만 막무가내였다. 치즈보다 훨씬 강한 맛이 강아지를 사로잡은 것 같았다.

주인님, 슬퍼져요

다음 날 자스민은 산책길에 나서지 못했다. 제 집을 향해 손짓을 하고 과자 부스러기를 주어도 소용이 없었다. 그렇게 꼼짝 않고 엎드려 도무지 움직이려 들지 않았다. 겨우 안아 일으켜 밖으로 데리고 나갔지만, 몇 발짝 떼다가 멈추기를 거듭했다. 뿐만 아니라 아무것도 먹으려 하지 않았다. 실로 16년 만에 우리 집 강아지 자스민이 처음으로 아프기 시작한 것이다. 그 상태로 이틀이 지나갔다. 물만 몇 모금씩 핥더니 나중에는 물도 안 먹으려 했다. 아내에게 병원에 좀 데려가보라고 하고 출근했다.

괜찮을 거라고, 워낙 건강을 타고났으니 하루 이틀 저러다 일어날 거라고 했던 아내도 급기야 자스민을 동물병원에 데리고 갔다. 급성 췌장염이라고 했다. 그날 밤에 먹었던 짜디짠 스팸이 원인이라는 것이었다. 원래 그것은 애완견에게 금기된 식품 중 하나라고 했다.

내가 찾아가니 케이지 안에 있던 자스민은 꼬리를 흔들며 반가워했다. 동물병원의 젊은 의사는 내게 무슨무슨 수치는 지나치게 상승해 있고 무슨무슨 수치는 지나치게 내려가 있어 빨리 수술을 해야 하고, 너무 늦게 데려와 수술을 한다 해도 어떨지 모르겠노라고 했다. 아내, 큰아이와 번갈아 통화를 한 후에 결국 수술을 시키기로 했다. 강아지의 병이나 몸에 대해 아는 바가 없으니 그렇게 하는 수밖에는 도리가 없기도 했다. 수술받기 전에 몸을 좀 회복해야 한다며 주사를 놓아야 하니 입원을 시키라고 했다. 그렇게 해서 자스민은 병원에 남겨졌다. 16년 만에 처음으로 집을 떠나서, 그것도 낯선 병원에서 지내게 된 것이다.

큰아이는 지극정성으로 오가며 자스민을 둘러보았는데 자스민은 거의 쓰러져 있다시피 하다가도 가족 중 누군가가 병원 문을 열면 꼬리를 흔들며 일어서곤 했다. 심지어 의사는 이런 말을 했다.

"아드님이나 가족들이 다녀가면 컨디션이 훨씬 좋아집니다. 여러 가지 수치도 함께 좋아지고요."

그러면서 이런 칭찬도 했다.

"참으로 깔끔한 애예요. 케이지 안에서도 소변은 반드시 깔아놓은 작은 종이에만 하더군요."

"그럴 겁니다." 난 고개를 끄덕였다. "보통 깔끔을 떠는 녀석이 아니거든요."

하얀 방

자스민 일기

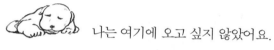 나는 여기에 오고 싶지 않았어요.

천장도 벽도 모두가 하얀 방. 의사 선생님과 간호사 언니의 옷도 하얀색인 모두가 하얀 방. 그리고 작은 철창 방마다 못생기고 병든 다른 개들이 있는 곳.

나는 정말 여기에 오고 싶지 않았어요.

창밖으로 초록색 나무들이 무성하고 햇살이 환한 우리 집으로 돌아가고 싶어요.

까르르 아이들 웃음소리가 있는 그곳으로 가고 싶어요.

아저씨가 나를 "먹방"이라고 흉보는 것도 괜찮아요.

아줌마가 내게 화를 내도 괜찮아요.

따뜻하고 아늑한 그곳으로 보내주세요.

내가 말썽을 피우고 잘못한 것들 정말 미안해요. 용서해주세요.

하지만 나는 이 하얀 곳이 싫어요.

안경 너머로 무표정한 의사 선생님이 수술칼을 들고 왔다 갔다 하는 것도 싫고, 그 칼로 아프게 내 살을 자르는 것도 너무너무 싫어요. 온몸에 주사를 푹푹 찔러대는 것도 견딜 수 없어요.

나는 먹지 못하고 마시지 못하고 잠들지 못한 채 가쁜 숨을 몰아쉬고 있어요.

내 유일한 기쁨은 병원 유리창 너머 건널목에서 신호를 기다리며 서 있는 훈이를 기다리는 거예요. 하루 종일 기다려요. 그런데 자꾸만 눈이 감겨와요. 창 너머 건널목을 보는 것도 점점 힘겨워져요.

이제는 해가 지고 건널목에도 곧 희미한 가로등이 켜질 시간입니다. 오늘은 오지 못하는 걸까요.

눈이 감겨오고 꿈속으로 빠져들 듯 모든 게 몽롱해요. 아까 아프게 맞은 주사 때문일까요.

자꾸만 눈이 감겨요. 아, 이곳으로 오고 있을 훈이를 기다려야 하는데…….

집으로

수술을 받던 날, 자스민은 그 작은 몸에서 많은 피를 흘리고 마취 주사로 거의 혼수상태가 되어 하루를 보냈다. 다음 날 가니 누운 채로 힘겹게 눈동자를 움직여 반가운 기색을 전해왔다.

주인님, 가고 싶지만 움직일 수가 없어요, 하고 말하는 것 같았다.

생명의 기운이 꺼져간다는 느낌이 왔다. 의사는 집에 데리고 가서 가족들과 함께 있게 하는 것이 좋겠다고 했다. 병원보다는 집이 강아지에게 훨씬 좋은 환경이라고. 권유에 따라 우리는 자스민을 집으로 데리고 왔다.

그리고 그렇게 집으로 온 지 엿새 만에 자스민은 우리 곁을 떠났다. 그 전말을 나는 「이별」이라는 한 편의 글로 남겼다.

이별

　자스민은 우리 집에서 열여섯 해를 산 암컷 애완견 포메라니안의 이름이다. 낳은 지 두 달 만에 어느 지인에게서 선물로 받은 강아지인데 따라온 족보를 보니 원래 영국 태생에 상당한 명견 출신이었다. 강아지 자스민은 털북숭이로 우리 집에 왔는데 처음에는 나와 썩 좋은 관계가 아니었다. 환절기 때마다 재채기를 하는 알레르기가 있었는데 자스민이 온 뒤로 그 증세가 심해진 듯하여 상당히 구박을 했다.

　자스민이 처음 우리 집에 왔던 93년에 우리 집 사내아이들이 각각 아홉 살과 여섯 살이었는데 그 나이 또래의 아이들이 대개 그렇듯 금방 강아지에 푹 빠져버리고 말았다. 학교와 유치원을 다녀오면 가방을 던지기가 무섭게 자스민부터 찾았다. 살던 아파트 뒤쪽으로 야트

막한 야산이 있었는데 우리 아이들은 자스민을 데리고 거의 그 산에서 살다시피 했다. 아내 또한 그 산의 약수터에 자스민을 데리고 다녔다. 어릴 적 이렇게 산에서 살다시피 해서 그런지 자스민은 건강하게 자라났다. 열네 살이 될 때까지 예방주사를 맞으러 간 것을 제외하고는 동물병원에 가본 적이 없을 정도였다.

자스민은 가족 중 작은아이와 가장 친했고 그다음 친한 것이 큰아이, 그다음이 나, 그리고 아내 순이었다. 작은아이가 대학생이 되고 군대에 가기 전까지 자스민은 늘 작은애의 발치에서 잤다. 아이가 아침에 늦잠을 자서 누가 깨우러 들어가기라도 하면 애 몸에 절대 손을 대지 못하도록 으르렁대곤 했다. 두 아이가 입시 준비를 하느라고 새벽녘이 돼서야 학원에서 돌아오던 때에도 어두운 현관 신발장 옆에서 하염없이 기다리곤 했다. 놀라운 것은 두 아이 중 하나라도 들어오지 않으면 결코 현관문을 떠나지 않는다는 것이었다. 불 꺼진 집에 들어왔을 때 홀로 어둠 속에서 꼬리를 흔들며 맞아주는 자스민의 머리를 쓰다듬어주고 안아주며, 우리 집 아이들은 고달픈 수험 생활을 비교적 쉽게 보냈던 것 같다. 내가 가끔 아이들을 나무라기라도 하려 들면 자스민은 나를 향해 짖어대며 못 그러도록 막았다. 아이들의 수호천

사처럼, 자스민은 그렇게 아이들 곁을 지켰다.

자스민의 건강이 예전 같지 않다고 느끼게 된 것은 둘째 아이가 군대에 가고 나서부터였다. 제대한 큰아이가 있었지만 복학하고 나서는 집에서 거의 얼굴을 보기 어려울 정도여서 예전처럼 자스민과 마음껏 놀아주지 못했다. 가끔 보면 자스민은 우두커니 둘째의 빈방 앞에 앉아 있곤 했다. 그래도 아침이면 내 방 앞에 와서 함께 산책을 가자고 기척을 보내곤 했다.

그러던 어느 날 밤, 기름진 야식을 먹고 있던 내게 다가와 좀 달라는 시늉을 하여 먹던 것을 무심코 몇 개 나누어 주었는데 그것이 화근이었다. 이튿날부터 음식을 일절 입에 대지 않으려 했다. 병원에 데려가니 급성 췌장염이라 했다. 링거를 맞혔지만 호전될 기미가 없었고, 무엇보다 병원의 좁은 철창 안에 갇혀 있는 것을 못 견뎌 하는 것 같아 집으로 데리고 왔다. 이후 음식은 물론 물도 입에 대지 않은 채 며칠이 지나갔다.

기진맥진한 중에도 가족들을 향해 알은체를 하고 눈빛으로 반응을 보내왔다. 아내가 주사기로 한 번씩 먹여주는 물을 억지로 받아먹기를 보름 가까이나 했다. 가쁜 숨을 몰아쉬며 너무나 고통스러워하는 나날들이 지나가고 있었다. 그러는 중에도 큰아이가 들어오면 혼신을 다해 꼬리를 저어 반갑다는 표시를 했다.

결국 자스민 다리에 서서히 마비가 오기 시작했다. 들여다보니 생명이 꺼져가는 것이 보이는 듯했다. 그럼에도 불구하고 자스민은 여전히 아이들 방 앞을 지키고 있었다. 다른 쪽으로 옮겨놔도 한밤중에 사력을 다해 몸을 조금씩 움직여 아이들 방 앞으로 가 있곤 했다. 나중에 마비가 오고 몸을 조금도 움직일 수 없는 정도가 되자 목을 틀어 아이들 방 앞으로, 특히 군대 간 둘째 아이 방 앞으로 눈길을 보냈다. 그러다 지난 1월 12일 새벽 6시경 자스민은 그 상태 그대로 숨을 거두었다. 마지막까지 둘째의 방 쪽으로 향한 눈을 감지 않은 채로.

나는 자스민을 작은아이가 입던 헌 옷에 싸서 어릴 적 뛰어놀던 동산과 비슷한, 내 작업실이 있는 야산에 묻어주었다. 영하 10도가 넘는 맹추위였지만 다행히 양지바른 쪽이 있어 그곳을 파고 묻었다. 작은 봉분을 쓰다듬으며 큰애는 소리 없이 흐느껴 울었다. 그러고 보니 자스민과 우리 아이들 간에는 짐승과 사람의 구별마저 없었다. 산을 내려오면서 나는 자스민의 사진을 넣어 무덤 앞에 예쁜 비석을 세워주마 약속했다.

이제 우리 집 강아지 자스민은 떠나고 없다. 머나먼 영국에서 우리 집까지 와서 한가족으로 살다간 자스민. 한 번도 우리를 배신하거나 미워하지 않던 그 까만 눈동자의 강아지. 야단을 맞아도 금방 꼬리를 흔들며 내 무릎으로 다가오던 그 작은 자스민이 남기고 간 자취는 너무나 많다. 가장 놀라운 것은 이 작은 생명체가 우리 아이들은 물론 나와 아내에게도 서로 사랑하는 법과 약자를 보살피는 법을 가르쳐주고 떠났다는 것이다. 처음부터 끝까지 충직하고 사랑스러웠던 자스민. 우리 가족이 가는 곳에는 언제나 함께했던 자스민. 오는 봄을 보지 못하고 동토에 묻힌 자스민. 잘 가라, 자스민.

며칠 후 어느 신문에 다시 자스민 이야기가 실렸다. 가까이 지내던 언론인 한 분이 아내에게 보낸 위로의 글과 그분에게 보낸 아내의 답장을 엮은 「애완견과의 작별」이라는 컬럼이 그것이었다.

"새해에 전해진 애견 자스민의 슬픈 소식은 우리 모두의 아픔으로 다가왔습니다. [……] 마침 10분 55초짜리 단편영화가 한 편 있어 보내드립니다. '마리모'라는 개와 '미카짱'이란 소녀의 슬프고 아름다운 얘기입니다. 얼마 뒤에는 《내 친구 말리》라는 영화가 개봉합니다. 몇 해 전 제가 읽고 깊이 감동한 논픽션을 영화화한 작품입니다. 미국의 저널리스트가 쓴 말썽꾸러기 개 이야기지요. 두 영화의 결말은 '사람과 개는 결국 헤어진다'는 것입니다. 아름답고 평안하게 헤어지는 것이 얼마나 중요한지를 보여주기도 합니다. 좋은 주인을 만나 천수를 누린 자스민도 분명 고맙고 감사한 마음으로 식구들 곁을 떠났을 것입니다. 모처럼 서울에 눈이 많이 내려 고궁에 산책을 다녀왔습니다. 봄이 되면 눈 덮인 나뭇가지에 새순이 돋듯 자스민을 잃은 슬픔도 서서히 걷히고, 또 다른 인연이 찾아올 것입니다."

아내가 보낸 답장은 이러했다.

"자스민이 떠난 지 사흘, 오늘 새벽엔 꿈에 나타나 마음을 아프게 하기에 이젠 정말 영원히 먼 곳으로 가나 보다 했지요. 큰애에게 꿈 얘기를 했더니, 제 꿈엔 매일 나타나요, 하네요. 나이가 어릴수록, 영혼이 맑을수록 이별의 슬픔을 더 깊게, 강하게 느끼는 것 같습니다. 16년을 같이 살다 보니 종을 초월한 연대감이 생겨 칼로 자르듯 잘

라지지가 않네요. 며칠 동안 한 생명이 소멸하기 위해 겪어야만 하는 고통을 고스란히 지켜보는 게, 마지막엔 떠먹이는 물마저 삼키지 못하는 모습을, 고통을 호소하는 눈동자를 지켜보는 게 사실은 이별의 아픔보다 훨씬 힘들었어요. 모든 생명이 있는 것들은, 언젠가는 겪어야만 할 과정이겠지요. 그래도 이렇게 따뜻한 선물을 받아 들고 보니 얼마나 위로가 되는지 모르겠습니다. 지금 볼 자신은 없습니다. 조금 더 강해진 후에……(다음 주쯤)

살아 있는 것을 사랑한다는 것, 그것의 의미를 깊이 생각해본 요즈음이었습니다. 삶이란 얼마나 깊고 오묘한 것인지요……. 진심 어린 위로, 정말 고맙습니다.

2009. 1. 29.

자스민,
어디로 가니?

참으로 영물처럼 표정 하나로도 주인의 기분을 알아차리고 반응하던 자스민. 16년의 세월 동안 우리 가족의 희로애락 속에 섞여 함께 살던 그 생명체는 어디로 간 것일까.

우리 집에 온 지 두세 해 지난 뒤부터 자스민은 밖에 데리고 나가면, 특히 풀밭 같은 데로 데려가면 어디론가 쏜살같이 달려가곤 해서 "자스민, 어디 가?", "도대체 어디로 가는 거야?"라는 말을 달고 살다시피 했다.

어렸을 적 푸른 보리밭 위로 떠가던 그 꽃상여. 그 맑은 요령 소리와, 어이 가리, 어이 가리 하던 상두꾼의 소리. 그 죽음의 노동요를 들으며 '어디론가 가는구나' 하고 생각했던 그곳. 더는 고통과 눈물이 없는 곳. 아픔과 이별이 없는 곳. 시간 밖의 저 아름다운 곳. 어머니가 햇살 환한 마당을 보며 이런 날 떠나면 좋을 텐데…… 하던 바로 그곳. 우리가 꿈꾸는 곳이 그곳이라면, 자스민이 향하는 나라는 또 어디일까.

얼어붙은 흙구덩이를 파서 옷에 돌돌 감아 강아지를 흙 속으로 내릴 때 나는 강아지 자스민의 너무도 가벼운 무게에 놀라지 않을 수 없었다. 실로 허깨비처럼 작고 가벼운 물체 하나가 땅속으로 내려가고 있었던 것이다. 오랜 세월 캉캉 짖던 그 소리와 뛰어다닌 발자국들이며 초롱한 눈빛들은 낙엽 한 장만큼의 무게로도 남아 있질 못했다.

대체 나고 죽는 것은 무엇일까. 생명 있는 것의 소멸은 왜 이다지도 감당하기 어려운 슬픔으로 남는 것인가.

자스민, 얼어붙은 땅으로 내려가는 너는 어디로 가는 것이냐.

꽃 피는 새봄이 와도 돌아올 수 없는 너, 가는 곳을 알지 못하는 너.

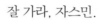

잘 가라, 자스민.

자스민, 어디로 가니?

초판 1쇄 발행 2014년 9월 24일
초판 6쇄 발행 2020년 2월 20일

글 · 그림 김병종
펴낸이 정중모
펴낸곳 도서출판 열림원

등록 1980년 5월 19일 (제406-2000-000204호)
주소 경기도 파주시 회동길 152
전화 031-955-0700 | 팩스 031-955-0661~2
홈페이지 www.yolimwon.com | 이메일 editor@yolimwon.com

이 도서의 국립중앙도서관 출판예정도서목록(CIP)은 서지정보유통지원시스템 홈페이지(http://seoji.nl.go.kr)와
국가자료공동목록시스템(http://www.nl.go.kr/kolisnet)에서 이용하실 수 있습니다.(CIP제어번호: CIP2014026926)